中国防沙治沙"磴口模式"

——乌兰布和治沙七十年实录

中共磴口县委员会宣传部 编

远方出版社

图书在版编目（CIP）数据

中国防沙治沙"磴口模式"：乌兰布和治沙七十年实录 / 中共磴口县委员会宣传部编. -- 呼和浩特： 远方出版社，2024.7 -- ISBN 978-7-5555-2068-9

Ⅰ．P941.73

中国国家版本馆 CIP 数据核字第 2024HB9369 号

中国防沙治沙"磴口模式"
——乌兰布和治沙七十年实录
ZHONGGUO FANGSHA ZHISHA DENGKOU MOSHI
WULANBUHE ZHISHA QISHI NIAN SHILU

编　　者	中共磴口县委员会宣传部
特邀编辑	牧　人
责任编辑	云高娃
封面设计	李鸣真
版式设计	韩　芳
出版发行	远方出版社
社　　址	呼和浩特市乌兰察布东路666号　邮编010010
电　　话	（0471）2236473 总编室　2236460 发行部
经　　销	新华书店
印　　刷	内蒙古翰晖印刷包装科技有限公司
开　　本	787毫米×1092毫米　1/16
字　　数	200千
印　　张	19
版　　次	2024年7月第1版
印　　次	2024年7月第1次印刷
标准书号	ISBN 978-7-5555-2068-9
定　　价	68.00元

如发现印装质量问题，请与出版社联系调换

本书编委会

主　　任　刘向阳

副主任　李志雄　秦　霞　弓建刚

编　　委　马海波　张俊平　薛　源　刘达赉
　　　　　张　飞　图　娅　王兴强　白利勇

总策划　图　娅

统　　筹　中共磴口县委员会宣传部

前 言

内蒙古巴彦淖尔市磴口县地处乌兰布和沙漠东北缘,位于黄河"几字弯"顶端,境内有沙漠面积426.9万亩,占县域总面积的77%。

新中国成立之初,这里风沙肆虐、生态恶化,阡陌荒芜、墙倾屋颓,人民饱受风沙危害。"三天不刮风,不叫三盛公""小风难睁眼,大风活埋人",是其时磴口县最真实的写照。

从20世纪50年代开始,历届磴口县委、县政府克服诸多难以想象的困难,广泛动员全县各族人民,向荒漠化发起了旷日持久的"阻击战",坚持数十年防风治沙不停步,与风沙进行了艰苦卓绝的抗争。

"子规夜半犹啼血,不信东风唤不回。"以磴口县第一任县委书记杨力生同志为代表的杰出共产党人,以常大拉、谢恭德等先辈为代表的河套优秀儿女，在七十多年的时间跨度里，在纵横几百里的大漠荒丘间，上演了一幕幕改天换地、荡气回肠的英雄活剧，谱写出惊天地、泣鬼神的抗沙治沙丰功伟业，先后两次荣膺全国造林绿化先进县、全国治沙造林模范县殊荣。抚今追昔，当年的治沙英模们好多已离我们远去，唯有绿色慰忠魂！

"九秋风露越窑开，夺得千峰翠色来。"地处黄河流域重点生态保卫战的前沿，磴口县立足内蒙古在全国发展中的战略定位和"三北"工程建设重点区域，勇于探索、大胆创新、超前实践，以功成不必在我的境界、功成必定有我的担当，创造并形成了防沙治沙"磴口模式"，为全国荒漠化防治提供了科学样板。先后荣获全国防沙治沙先进集体、国家林下经济示范基地、全国"绿水青山就是金山银山"实践创新基地、全国防沙治沙综合示范区、"三北"工程科学绿化试点县等荣誉称号。

2024年3月，"磴口模式"治沙群体被中共内蒙古自治区党委宣传部授予"北疆楷模"荣誉称号。这是对磴口县各族干部群众七十多年来，团结互帮、守望相助，坚持民族团结进步，铸牢中华民族共同体意识，各族人民齐心协力防沙治沙、创造人间奇迹的褒扬。

如今，曾经的不毛之地变新颜。林草覆盖度由过去的0.04%提高到现在的37%以上，重度沙化土地减少78%，每年向黄河输沙量降低94.7%，沙漠治理呈现出"整体好转、改善加速"的良好态势。昔日的穷山恶水成了"绿水青山"，"绿水青山"成了助推磴口县经济高质量发展的"金山银山"。

在习近平总书记考察巴彦淖尔市并主持召开加强荒漠化综合防治和推进"三北"等重点生态工程建设座谈会一周年之际，中共磴口县委员会、磴口县人民政府组织编辑出版本书，回顾七十年奋斗历程，缅怀先辈，激励后人。同时，也更好地传承几代治沙人七十多年艰辛实践，凝心聚力而成的防沙治沙"磴口模式"，并使之不断发扬光大，成为留给后人的一笔传之久远、弥足珍贵的精神财富，一种融进血脉、薪火相传的精神理念，一道蓬勃葱郁、巍然屹立的绿色长城！

谨以此书，献给那些为防沙治沙奉献毕生心力、汗水、热血的人们！并以此纪念加强荒漠化综合防治和推进"三北"等重点生态工程建设座谈会召开一周年！

| 目　录 |

1 第一章　坚持生态优先、绿色发展，推进乌兰布和沙漠生态治理高质量发展

一　乌兰布和沙漠生态综合治理情况　/ 2

二　推进生态治理，取得显著成效　/ 10

三　创新治理模式，开展综合治沙　/ 14

四　做好规划布局，推进产业发展　/ 24

五　牢记嘱托、感恩奋进，坚决筑牢北方重要生态安全屏障　/ 30

第二章 加强荒漠化综合防治，创造中国防沙治沙奇迹 …… 37

一 "磴口模式"创造了古今中外的新奇迹 / 37

二 "磴口模式"充分体现了制度的优越性 / 41

三 "磴口模式"体现了人民群众的创造力 / 44

四 "磴口模式"与时俱进不断丰富与完善 / 46

五 在防沙治沙中铸牢中华民族共同体意识 / 51

第三章 "磴口模式"防沙治沙的历史进程和艰辛探索 …… 59

一 拉开治沙造林的序幕 / 62

二 全民动手开展合作造林 / 67

三 跻身全国治沙造林模范县行列 / 74

四 拨乱反正，百废重兴 / 77

五 实施"三北"防护林体系建设工程 / 80

六 启动天然林资源保护工程 / 92

七 深入开展全民义务植树活动 / 99

八 创建国家湿地公园、自然保护区、沙漠公园 / 104

第四章 人民群众是防沙治沙的主体和动力 …… 123

一 人民群众是防沙治沙的主体 / 123

二 大漠矗丰碑，绿色慰忠魂：乌兰布和防沙治沙

奠基人杨力生 / 125

三 乌兰布和防沙治沙群英 / 136

四 治沙造林功绩永存 / 163

167　第五章　"磴口模式"防沙治沙的主力军

一 磴口县防沙林场 / 167

二 巴彦淖尔市治沙综合试验站 / 182

三 中国林业科学研究院沙漠林业实验中心 / 187

四 磴口县四坝公社塔布大队 / 199

206　第六章　"磴口模式"的深刻内涵

一 "磴口模式"的具体表述与内容阐释 / 207

二 "磴口模式"的实质与特征 / 214

三 适应新时代要求，与时俱进的

"磴口模式" / 224

四 推进产业化治沙，增进可持续发展后劲 / 228

235　第七章　不断丰富和发展"磴口模式"，建设新时代

防沙治沙模范区

一 在丰富和发展"磴口模式"上取得新突破 / 236

二　推进产业治沙、生态富民高质量发展　/ 242

三　围封禁牧，依法保护森林和草原　/ 246

四　多元投入，打造绿色循环经济链　/ 253

259　第八章　推进"磴口模式"产业化发展，加快形成新质生产力

一　万亩光伏产业园：汇聚产业
　　发展的"蓝海"　/ 261

二　圣牧高科：从生态草业起步活力迸发　/ 265

三　王爷地苁蓉生物：用科技再造沙漠绿洲　/ 271

四　漠北金爵：大漠里生产出好葡萄酒　/ 283

五　三利开发：科技示范引领沙产业发展　/ 286

后　记　/ 290

第一章

坚持生态优先、绿色发展，推进乌兰布和沙漠生态治理高质量发展

磴口县位于河套平原源头，总人口10.79万人，辖5个苏木镇、5个农场，总面积3677平方公里。其中，乌兰布和沙漠位于磴口县城以西，县境内面积426.9万亩，沙漠地表被沙丘和沙生植物覆盖，占全县总土地面积的77%。乌兰布和沙漠是我国八大沙漠之一，位于贺兰山与阴山山脉之间的缺口地带，是西沙东移的主通道和下风口地区，属中温带典型的大陆性气候，降水稀少，平均年降水量72毫米，年均气温10.9℃，年均蒸发量2493毫米，年日照时长3300小时，年均风速每秒7.15米，风沙危害、干旱为主要自然灾害。黄河流经磴口县东南端，为乌兰布和沙漠引黄灌溉提供了条件。沙区现有大小湖泊160多个，总面积达60万亩，现状水资源总量为6.27亿立

方米。

乌兰布和沙漠隶属亚非荒漠植物区。据初步统计，乌兰布和沙漠境内共有种子植物312种，隶属49科169属。其中，灌木占绝对优势，主要以沙生、旱生、盐生类梭梭、花棒、白茨、柠条、蒙古扁桃、怪柳等灌木和小灌木组成。名优特产华莱士瓜、甘草、苁蓉等在国内外久负盛名。动物主要有天鹅、灰鹤、野鸭、野鸡、黄羊、野兔及各种鱼类，其中以黄河鲇鱼、鲤鱼最为出名。

一　乌兰布和沙漠生态综合治理情况

新中国成立初期，乌兰布和沙漠生态环境脆弱，"小风眼难睁，大风活埋人""三天不刮风，不叫三盛公"等民间俗语就是当时的真实写照。每年春冬之际风沙肆虐，群众深受其害。历届县委、县政府一届接着一届干，带领全县人民群众展开了大规模国土绿化行动，在乌兰布和沙漠边缘构筑起一条长160多公里、宽500米的防风固沙林带。同时立足全县实际，先后提出了"生态治县"和"以生态建设统揽全局"的战略决策，确立了"创建黄河中上游生态建设第一县"的奋斗目标，出台了《关于加快林业生态建设步伐的决定》。相继争取启动了"三北"防护林体系建设工程、天然林保护工程、退耕还林工程、刘拐沙头综合治理、京津风沙源治理二期、山水林田湖草生态保护修复试点工程、规模化防沙治沙工程等一批国家重点林业生态建设工程，磴口县进入一个造、封、飞并举，生物措施、工程措施并用的大规模林业生态建设时期。在生态治理中，坚持宜造则造，宜封则封，宜林则林，宜灌则灌，乔灌结合，封造结合；大力营造以乔木、梭梭、花棒等为主的乔灌木结合的防风固沙林，先后在乌兰布和沙漠建设了贯通纵深总长200余公

三盛公水利枢纽工程

里的穿沙公路、堤防公路、奈伦湖引渠、生态大道、G6高速公路、110国道等一批大型绿化骨干林带。在道路两侧，通过人工造林、封沙育林建成乔木宽5—50米、灌木宽50—200米的乔灌木结合的阻沙骨干防护林带，既加快了沙漠治理步伐，形成了治沙物资的运输线和沙区治理的景观线；又通过公路两侧的沙漠治理，阻断沙源，切断沙漠腹地向黄河及城乡周边的输沙通道。在乌兰布和沙漠边缘完成了308华里防沙林带更新改造工程，在原有林带前建起宽30—

50米的前挡乔木林带，在后缘建起了宽500—1000米的后缘固沙灌木林带，有效阻挡了沙漠东侵。全县沙化土地扩展速度持续减缓，呈现了"整体遏制，局部好转"的良好态势。截至2020年底，全县林草覆盖度达到37%。

碛口县地处北纬40°黄金种植带，属中温带典型的大陆性气候，降水稀少，平均年降水量72毫米，绝对最高气温39℃，绝对最低气温-29.6℃，昼夜温差大，年均蒸发量2493毫米，年日照时长

黄河之水天上来

天下黄河第一闸

3300小时,是全国日照资源最丰富的地区之一。区域病虫害少,独特的气候特征特别适宜经济林果、荒漠中药材等生长。2018年8月,巴彦淖尔市被国家林业和草原局批复为全国防沙治沙综合示范区。其中,磴口县乌兰布和沙漠是示范区的核心实施区域,定位为产业发展型示范区。

磴口县按照"多采光、少用水、新技术、高效益"的沙产业理论,在抓好乌兰布和沙漠生态治理的同时,围绕"水、绿、沙、文化"做文章,大力推进沙产业发展,实施产业治沙,推进乌兰布和沙漠生态综合治理。积极引进民间资本，发展和扶持社会化造林，建设沙漠绿洲，不断推进乌兰布和沙区有机特色经济林、林下经济、林木种苗、湿地利用、沙漠旅游、光伏+生态治理等重点突出、多业并举的乌兰布和沙区产业治沙格局，在大力发展沙产业的同时，加快了乌兰布和沙区生态治理步伐。

一是沙区资源综合利用有序进行。多年来，磴口县大力推进乌兰布和沙区林业、畜牧、商贸等多业发展。特别是按照"政府扶持、企业运作、合理开发"的模式，大力发展饲草基地、特色农林种植养殖业等。截至2023年，以圣牧高科、蒙牛乳业、晶烨公司等企业

为龙头的沙区畜牧业，形成了20多个规模化养殖小区；建成了以圣牧高科为代表的20多万亩有机牧草基地，有效盘活乌兰布和沙地资源，既改善了生态环境，又促进了沙区良性发展，形成了合理有序经营沙漠新模式，实现了生态环境优势向经济发展优势的转化。

二是肉苁蓉等荒漠中药材产业快速发展。立足乌兰布和沙漠资源优势，大力发展肉苁蓉产业。截至2023年，全县人工接种肉苁蓉、甘草面积近14万亩。其中，鲜品肉苁蓉年产量达到700多吨，从事肉苁蓉产业的企业和个人20余家。内蒙古王爷地苁蓉生物有限公司、游牧一族生物科技有限公司等一批肉苁蓉系列产品品牌效应已经形成，肉苁蓉、甘草等产业优势更加凸显，正在向打造全区乃至全国最大的肉苁蓉生产加工基地和集散中心迈进。

三是酿酒葡萄等经济林产业成效初显。磴口县得天独厚的地理优势赋予了葡萄、枸杞等在乌兰布和沙区品质优良的天然生长条件。因此，磴口县把发展酿酒葡萄产业作为优化经济结构、培育新的经济增长点和改善生态环境的战略性举措。截至2023年，先后有诺民、腾盛、兴套川等企业累计种植酿酒葡萄近0.2万亩。其中，诺民公司生产出品质很高的漠北金爵葡萄酒，设计年产300吨的葡萄酒窖、酒庄等建成投产完工，年产葡萄酒120吨。全县各类枸杞种植面积2000余亩，长柄扁桃、苹果梨、食用葡萄、枣树等经济林面积近1万亩。

四是沙漠旅游发展方兴未艾。随着基础设施的不断完善，以黄河三盛公水利枢纽工程、纳林湖、奈伦湖、阴山岩刻、阿贵庙等自然景观和人文景观为代表的沙区旅游业日渐兴隆。积极将沙漠中的有机奶、肉苁蓉、葡萄、有机鱼等绿色有机农畜产品作为旅游产品包装销售，融入"天赋河套"品牌系列，延长产业链条，打造了沙漠旅游发展新模式。2023年，旅游人数达到130.62万人次，旅游综合收入近5.68亿元。同时，沙漠旅游产业丰富了磴口沙产业的内涵。随着沙漠旅游产业的不断创新和做大，必将为今后乌兰布和沙漠综合治理创造有利平台，有力带动乌兰布和沙漠治理，改善地区面貌。

五是光伏产业实现新突破。为合理利用乌兰布和沙区丰富的光照资源，磴口县制定出台了《磴口县太阳能光伏发电项目建设管理实施意见》，从2015年开始，抓住国家扶持光伏产业发展的新机遇，利用乌兰布和沙漠丰富的光能资源，大力发展光伏发电绿色清洁能源，开启了"借光治沙"新模式。先后引进国电、国华、神州光伏、昌盛日电、仁创科技等企业，打造万亩光伏产业园区，已建成装机容量360兆瓦，年发电量4亿度，并列入"十四五"期间自治区重点扶持的新能源光伏基地。

截至2023年，全县各类生态治理和沙产业经营主体90余家，基本形成荒漠中药材、沙漠酿酒葡萄、沙区养殖业、光伏治沙、沙漠生态旅游等为重点的特色沙产业，有效推进了县域产业结构调整和农牧民增收致富。

二 推进生态治理，取得显著成效

一是林草植被总量明显提升。全县以京津风沙源治理、天然林保护工程等为重点的林业生态工程建设项目实施以来，近10年间全

县新增人工造林面积27.57万亩，林草覆盖度从20世纪50年代初期的0.04%提高到37%。

二是生态环境得到明显改善。风沙危害得到有效控制，全县植被明显增加，据气象部门观测，全县沙暴日数由2010年的4天减少到2020年的1天左右。气候条件得到一定改善，县境内全年降水量由2010年的123毫米左右增加到2020年的188毫米左右。

三是社会经济效益成效显著。磴口县在防沙治沙为主的生态治理建设中，坚持生态产业化、产业生态化思路，全面推进山水林田湖草沙综合治理，切实解决造林绿化和发展后续产业的关系，通过

磴口雪景

实施工程建设,带动了全县荒漠中药材、优质牧草、高效农牧业、生态旅游等产业的发展,拉动产业的发展,实现生态改善和农民增收的双赢。

四是造林模式更加科学合理。根据磴口县特殊的立地条件,在林种、树种选择上,坚持因地制宜、分类实施的原则,在农区套区,以乔木为主营造农田防护林;在乌兰布和沙区,以灌木为主营造防沙固沙林;在沙漠绿洲区,营造以生态、经济兼用型的多功能经济林,全县造林模式日趋合理。

五是树种结构得到有效调整。在生态治理中,不断加大树种调整力度,大力种植梭梭、花棒、柠条等耐旱灌木树种和河北杨、香花槐等抗天牛树种,提高了造林成效。同时,先后引进栽植紫穗槐、柽柳、小胡杨、金叶榆、丝棉木、圆冠榆、长枝榆等新品种,并开展混交种植,不断丰富和优化防沙治沙生态治理造林树种结构。

六是治理成效得到广泛认可。截至2023年底,全县共实施生态治理面积近200万亩,生态环境显著改善。磴口县先后被评为全国防沙治沙先进集体、国家林下经济示范基地,获得自治区生态建设

湖之秋

"绿化杯"奖。2018年,巴彦淖尔市被批复为全国防沙治沙综合示范区。2020年,乌兰布和沙漠生态治理区被评为全国"绿水青山就是金山银山"实践创新基地。

三 创新治理模式,开展综合治沙

(一)强化政府主导,凝聚防沙治沙整体合力

一是强化组织领导。成立了由县委主要领导任组长,县政府主要领导任常务副组长,分管领导任副组长,相关部门负责人为成员的磴口县防沙治沙生态建设工作领导小组,负责防沙治沙任务承接、工作调度、项目争取、工程推进等,为防沙治沙生态建设各项工作高效有序开展提供了强有力的组织保障。

二是完善治沙机制。为科学合理地对乌兰布和沙漠进行综合治理,磴口县聘请国家林业局规划设计院编制了《乌兰布和沙漠综合治理总体规划》,制定出台了《磴口县乌兰布和沙区管理办法》和《磴口县创建全国防沙治沙综合示范区实施方案》等相关文件,将生态治理特别是乌兰布和沙漠生态治理纳入常态化推进的轨道。

（二）注重科技支撑，依靠科技进步推进治理

一是因地制宜，力求治理实效。根据不同立地条件，坚持"宜造则造，宜封则封，封造结合"和"宜林则林，宜灌则灌，乔灌结合，带片网结合"的原则，积极探索符合本地实际的治沙经验和模式。积极推广冷藏苗避风造林技术、冬贮苗造林技术、低压水打孔植苗造林等技术。在沙区治理上，坚持先固沙后造林，不断加大柴草网格等工程固沙造林力度，大片的网格状沙障不仅阻挡了风沙对

沙漠梭梭林

公路的侵蚀,而且有效促进了各类沙生植物在沙障中生长,起到了非常好的防风固沙造林作用。

二是立足实际,沙区绿化"量""质"并举。针对乌兰布和沙区降水量少,自然环境恶劣,造林成活率低的实际,经过深入调研,提出了"五线十点"造林绿化思路,按照拓宽、提标、补缺、延伸4个原则,全面推进防沙治沙工作。"十三五"以来,完成通道绿化230公里,特别是在乌兰布和沙区建成43公里的穿沙公路两侧大型绿化骨干林带,有效提升和加快了全县生态环境的明显改善。

三是联大联强，积极培育发展沙产业。先后与北京林业大学、中国农业大学、内蒙古农业大学等多家国内著名高校和科研院签署合作协议，开展产、学、研合作，开发肉苁蓉资源。与北京林业大学合作，成立了生态修复专家工作站、草学专家工作站、"三全育人"教育实践基地、经济林专家工作站。以王爷地公司为主，组建了内蒙古肉苁蓉产业技术创新战略联盟、内蒙古肉苁蓉产业工程研究中心、内蒙古肉苁蓉产业企业研发中心，为防沙治沙综合治理和沙产业发展提供了强有力的科技和人才支撑保障。

（三）争取项目，不断加快综合治理步伐

近年来，磴口县委、县政府牢固树立"绿水青山就是金山银山"的发展理念，深入贯彻落实习近平总书记参加十三届全国人大一次、二次会议内蒙古代表团审议时的重要讲话精神，坚持节约优先、保护优先、自然恢复为主的方针，坚持生态治理产业化、产业发展生态化方向，积极争取防沙治沙建设项目，加快沙漠治理

葡萄基地

农田防护网

步伐。2018年4月,磴口县委托北京林业大学编制的《巴彦淖尔市乌兰布和沙漠综合治理与绿色发展规划》通过国家林业和草原局评审。8月30日,国家林业和草原局将巴彦淖尔市列为全国防沙治沙综合示范区。同时,为深入贯彻习近平总书记关于乌梁素海综合治理的重要指示精神,巴彦淖尔市规划实施乌梁素海流域山水林田湖草生态保护修复试点工程,磴口县在乌兰布和沙漠争取实施了乌兰布和沙漠防沙治沙示范和生态修复示范一期工程。项目总投资6.43亿元。随着综合示范区的建设和防沙治沙示范、生态修复示范工程

的实施,将在乌兰布和沙漠治理上形成生态治理+清洁能源+设施农业+特色种植+中草药材+旅游+产业扶持等多元发展和一二三产融合发展模式,有效带动农牧民转移就业和增收致富。项目工程被评为山水工程首批15个优秀典型案例之一。同时,从2017年开始,在乌兰布和沙区争取实施了"蚂蚁森林"中国绿化基金会合作造林项目,共完成造林3.1万亩,栽植梭梭、小胡杨等乔灌木506万株。"蚂蚁森林"造林项目的开展,极大地缓解了造林资金困难的问题,加快了防沙治沙综合治理步伐。

（四）创新治理模式，推进综合治理深入开展

一是全面深化林权制度改革，培育林业经营主体。在防沙治沙建设工作中，全面实施林地所有权、承包权、经营权"三权分离"改革工作，依法明晰产权、放活经营权、落实处置权、保障收益权，充分调动农牧民及各社会主体发展林业特别是经济林产业的积极性。县委、县政府先后制定出台了"谁投资、谁治理，谁开发、谁受益并允许继承、转让和长期不变"的政策以及《磴口县集体林业综合改革试验示范实施方案》等措施，通过制度创新、资源盘活、经营示范、技术指导、政策扶持、产业发展等方式带动和发展沙产业。

二是建立防沙治沙保障机制，实现可持续发展。按照"政府引导、政策支持、市场运作、协同推进"的基本原则，不断建立和完善林权抵押贷款、林业保险制度等保障措施，坚持以政府引导为依托，以政策支持为保障，以市场化运作为手段，以协同推进为要求，吸引社会资本投入，促进防沙治沙和生态产业快速发展，为发展生态建设和沙产业树起"定海针"、吃下"定心丸"。先后制定出台了《磴口县乌兰布和沙区管理办法》《加快乌兰布和沙区酿酒葡萄产业发展实施方案》《磴口县特色经济林发展实施意见》《关于加快推进经济林产业发展的实施意见》《关于加快推进荒漠中草药

产业发展的实施意见》等政策文件，同时协调金融机构加大对防沙治沙产业发展的支持，对符合规划发展的企业积极给予贷款支持。

三是森林保险深入推进，为生态建设保驾护航。近年来，磴口县坚持以政府引导为依托，以政策支持为保障，以市场化运作为手段，以协同推进为要求，不断推进落实森林保险制度的落实，积极探索防范和化解防沙治沙产业风险的保障机制，增强防沙治沙生态治理抵御风险和可持续发展能力。目前，全县以梭梭林等灌木为主

有机草场

的参保面积40多万亩，年保费近200余万元。

四是突出龙头带动，推进防沙治沙引领示范。依托龙头企业，带动并完善生产、加工、营销体系建设。特别是内蒙古王爷地苁蓉生物有限公司的苁蓉原料以及加工生产的苁蓉茶等系列饮品，年销售额可达3000万元；并将部分苁蓉原料出口，同时向国内相关制药厂家提供肉苁蓉原料，既带动了当地农牧民增收，公司又产生了可观的经济效益，显示出强大的带动示范作用。以内蒙古王爷地苁蓉生物有限公司牵头，成立了内蒙古自治区肉苁蓉产业技术创新战略联盟。截至2023年底，全县共有6家自治区级林业龙头企业，为带动防沙治沙生态治理示范提供了坚实基础。

（五）加强资源保护，切实巩固生态建设成果

一是完善资源保护机制。县委、县政府出台了《关于加强林业生态保护的决定》《磴口县乌兰布和沙区管理办法》等相关文件，从制度设计上将磴口县生态保护特别是乌兰布和沙区生态治理和保护纳入常态化推进的轨道。

二是加强资源保护队伍建设。建立了以县护林大队、苏木镇护林中队、村社护林小组、护林员为主体的四级森林管护网络体系，划定管护片区和围封禁牧区，对森林资源进行统一管护；成立了农牧林水综合执法局，加强对全县林地和草原的保护。

四 做好规划布局,推进产业发展

（一）进一步加大生态治理力度

磴口县特别是乌兰布和沙漠由于其所处的特殊地理位置和境内拥有的自然资源以及国家建设基础工程,使其在黄河中上游地区生态环境建设中具有非常重要的战略地位。对乌兰布和沙漠进行综合

治理，对于保护当地以及黄河、包兰铁路、京藏高速公路、110国道干线、河套商品粮基地都具有非常迫切和深远的意义。我们要争取上级部门把磴口县特别是乌兰布和沙漠的治理放到一个更高的层次去规划实施，将国家重点生态建设工程项目和资金向磴口县特别是乌兰布和沙区倾斜。

（二）积极争取治理资金投入

乌兰布和沙区自然条件差、造林投入大、治理成本高，需要大量的资金投入。按照当前国家补助性造林投资，远远不能满足工程

机收葵花

的投入需要。特别是林业生态工程的后期管护抚育资金不足，极大地影响和制约林业重点生态工程的造林保存率和建设成果。我们要积极争取上级部门加大生态治理工程的建设和后期管护抚育等方面的资金投入。

（三）不断夯实基础设施建设

近年来，磴口县虽然不断加大生态基础设施建设力度，但是受自然条件和历史因素制约，能源、交通等基础设施建设仍然比较薄弱，特别是乌兰布和沙漠除穿沙公路外，沙区道路主要以沙石路面

和土路为主，电力供应半径过大，用电、用水等得不到有效保障，严重制约了全国防沙治沙综合示范区建设和沙区生态治理产业发展。我们要争取上级部门加大对磴口县特别是乌兰布和沙漠基础设施建设方面的投入，进一步推进全县生态治理和产业建设快速发展。

（四）健全水资源补给利用机制

磴口县境内乌兰布和沙漠现有的地表水和地下水资源，主要是依靠引黄水和引黄灌溉入渗补给形成的。特别是目前随着对乌兰布和沙漠的不断治理、沙区植被的不断增加、土地的不断治理利用等，对沙区的水资源需求必然不断增大，对乌兰布和沙漠进行生态补水，以稳定地下水位及恢复湿地和植被，促进沙区生态系统平衡尤显重要。同时，加强水资源综合管理，大力发展乌兰布和沙漠节水措施，减少水量损失，以水资源的可持续利用，支撑乌兰布和沙漠生态、经济、社会的可持续发展。我们要争取上级部门对磴口县特别是乌兰布和沙区水资源补给和利用制定专门的支持机制。

（五）加快推进生态产业发展

2018年，巴彦淖尔市被批复为全国防沙治沙综合示范区，综合示范区将乌兰布和沙漠治理定位为产业发展型示范区。2020年，乌兰布和沙漠生态治理区被命名为全国"绿水青山就是金山银山"理

乌兰布和沙漠有机山药

论实践创新基地。推进生态产业发展、加快生态治理、提供生态治理示范，将是磴口县承担的一项重要任务。

目前，乌兰布和沙区从事沙产业发展的企业多数规模较小，未形成生产、加工、营销的产业链，品牌竞争力不强，致使一些前景广、效益好的项目得不到及时有效发展。我们在防沙治沙上要坚持生态产业化、产业生态化思路，立足乌兰布和沙区实际，按照"多采光、少用水、新技术、高效益"的原则，大力发展沙产业，加快和提升全县生态环境治理质量。充分利用沙、水、光、热等沙区综

满眼皆是丰收景

合资源，发展种植业、养殖业、加工业、水产业、光伏发电以及生态旅游业等。

一是大力扶持营造梭梭林基地，形成以肉苁蓉等为主的荒漠中药材加工业；二是积极鼓励和发展酿酒葡萄、枸杞、长柄扁桃等为主的经济林基地，发展果品加工业；三是大力发展绿色无污染优质牧草种植基地，发展设施畜牧业和有机乳品加工业；四是做大做强生态旅游业，不断扩展和完善以黄河三盛公水利枢纽工程、纳林湖、奈伦湖等自然景观和人文景观为代表的沙漠生态旅游，建设集自然人文兼具、科技生态并重、历史文化交融的复合型多功能生态旅游地；五是充分利用乌兰布和沙区丰富的土地、光等资源优势，积极发展光伏风电产业。用好用足国家鼓励扶持清洁能源建设、经济林建设、林下经济发展等产业扶持政策。通过各种手段，逐步把乌兰布和沙漠建成一个大林场、大草场、大工厂、大市场，实现乌兰布和沙区治理的生态、社会、经济三大效益的有机结合。我们要根据全县特别是乌兰布和沙区实际，积极争取上级的产业扶持政策，加快推进产业发展。同时，利用各级宣传资源，加大对沙区产业的宣传推介力度，不断提升沙区产品的影响力和知名度。

五 牢记嘱托、感恩奋进，坚决筑牢北方重要生态安全屏障

新时代，新征程，新伟业，把内蒙古建成我国北方重要的生态安全屏障，在祖国北疆构筑起万里绿色长城，牢固树立中华民族共同体意识，以巴彦淖尔市乌兰布和沙漠治理区被命名为全国"绿水青山就是金山银山"实践创新基地为契机，坚持生态优先、绿色发展，把生态治理与实施乡村振兴、加快经济发展、增加农牧民收

金马渔村一景

入、加快美丽乡村建设相结合,加强林业草原生态建设,健全完善林草资源保护长效机制,实现在乌兰布和沙漠防沙治沙生态优先的基础上,推进产业治沙、生态富民绿色高质量发展,加快全国防沙治沙综合示范区建设,确保北方重要的生态安全屏障永固。

一是坚持科学规划、因地制宜、突出重点、规模推进,确保防沙治沙有序发展。根据乌兰布和沙区的自然资源状况和生态功能,明确生态治理目标和定位,做好与《土地利用总体规划》《林业生态建设"十四五"规划》等规划的融合衔接,为沙区治理和资源利用提供支撑和依据。在沙区建设上实现布局区域化、沙地开发规模

化、灌溉节水化、生产机械化、经营集约化、管理企业化、产品品牌化。在发展思路上，走好生态农牧业的路子；在打造品牌上，走好绿色有机的路子；在经营机制上，走好产业化发展的路子，形成农工贸一体化的产业链。

  二是全力推进乌兰布和沙区综合治理和绿色产业发展。紧紧抓住巴彦淖尔市被批复为全国防沙治沙综合示范区和国家实施乌梁素海流域生态修复工程的有利时机，加强加大对乌兰布和沙漠治理的项目争取、资金投入和治理力度。积极实施生态补水和节水灌溉，大力推进和实施乌兰布和沙漠河湖连通工程建设。按照产业生态化、生态产业化的思路，大力发展种植业、养殖业、加工业、光伏发电以及生态旅游业等绿色产业，形成以肉苁蓉、沙漠葡萄、荒漠中药材、沙区设施畜牧业、沙区有机特色农产品、水产品、沙漠旅游、光伏发电等为重点的沙区绿色产业，有效推进和带动产业结构调整和农牧民收入增加。

发展绿色生态农牧业。积极发挥乌兰布和沙漠特色优质农牧产品资源优势，依托圣牧高科、蒙牛等龙头企业和本地的家庭农牧场，建设区域性的以有机牧场、优质牧草种植等为主的特色农牧产品生产基地。积极协调解决乌兰布和沙漠土地、水资源利用等问题，坚持"招大引强""大公司、大发展、大带动、大示范"的思路，打造以圣牧高科35万亩和蒙牛40万亩有机牧草、有机牛奶、乳肉生产、特色经济林种植等为主的生产加工基地。利用先进的科学技术催化沙区独特的水土光热条件，努力把乌兰布和沙区建设成河套全域绿色有机高端农畜产品生产加工输出基地，打造一二三产融合发展示范区。

发展绿色林下经济。充分利用乌兰布和沙漠适宜中草药材种植的独特优势，积极发展中草药材生产加工业，不断延伸产业链条。依托王爷地、游牧一族等企业，规划建设20万亩肉苁蓉、锁阳、甘草、长柄扁桃、枸杞、黄芪、金银花等中草药材生产基地，引进和培育一批中草药材产业化龙头企业，促进中草药材产业提质增效。积极打造内蒙古西部最大的中草药材集散和加工利用中心。

发展绿色新能源。依托现有光伏发电产业基础，推进光伏电站装置建设与运营、储能中心建设等光伏新能源基地。规划建设光伏发电800万装机容量，打造我国西部地区一流的光伏基地、内蒙古西部地区重要的新能源基地和储能中心。

发展绿色生态旅游。发挥磴口县和乌兰布和沙漠特有的山水林田湖草沙等综合资源优势，规划建设以黄河、纳林湖、奈伦湖、万泉湖等沙漠湿地景观区为核心的休闲旅游集聚区和沙生植物景观体验线、沙漠田园风光体验线、沙漠文旅商业体验线等精品旅游线路，进一步丰富磴口的旅游业，推动乌兰布和沙漠旅游业发展从单纯生态旅游向生态+文化+商贸旅游转变，打造我国沙漠地区全域旅游发展示范区。

三是坚持保护优先，切实加强森林草原资源管护。坚持造管并重、保护优先的方针，认真落实森林草原管护责任制。全面落实林草长制，进一步建立和完善管护组织、明确管护职责。认真做好森林草原防火、林业草原有害生物防治和依法打击破坏林草资源行为等工作，不断加强全县森林草原资源保护。

四是建立机制，使沙产业发展长效化。把沙产业开发与生态建设有机结合起来，坚持生态效益优先、突出经济效益。有效调动全社会参与防沙治沙的积极性，完善、实施"谁承包、谁治理，谁管护、谁受益"的防沙治沙优惠政策，不断拓宽筹资渠道，建立多层次、多渠道、多形式的投入机制。实现国家投入和地方投入相结合，政府组织与社会参与相结合，紧紧围绕乌兰布和沙区适宜发展绿色农畜产品加工业的优势，有针对性地开展产业招商和链条招商，引进补链项目，延伸农畜产品加工产业链条，重点在乳肉、酿酒葡萄、沙生药材、水产养殖等方面，引进有实力的企业，推动沙区绿色产业持续健康发展，使生态、扶贫、环保、增收一举多得，实现生计兼顾、治沙致富双赢。

五是夯实基础，全力抓好基础设施建设。要在"水"字上做

鸟瞰纳林湖

文章，通过兴建水利工程，引水入沙，建沙漠水库，通过管灌、滴灌、喷灌等节水措施，提高水资源的利用率；要在"路"字上做文章，通过修建道路，把沙漠进行割块治理，形成纵横交错的公路治沙网，为沙产业发展提供便捷；要在"电"字上做文章，从根本上解决部分地区无电，不能有效供给的问题，为生态治理和产业发展打下坚实基础。

六是创新机制，加大资金投入力度。加大资金投入力度，是推进沙产业的重要手段。在投入方式上创新思路，创新机制。打破就生产抓生产，就基地抓基地的做法，从基地到龙头按产业化系列进行安排；改变各种资金单独分散使用的局面，把财政支农、基本建设、农业综合开发、利用外资、金融信贷等资金按照总体规划，捆绑使用，集中投向生态治理龙头企业和重点基地，充分发挥各部门的作用，采取"拼盘"投资的办法，形成合力，收到最佳的资金使用效益，多渠道多层次地吸收资金。

七是加强林业科技人才培训。坚持外引内培，积极通过科技人才引进、院士专家引领、现有人才提升等形式，切实解决制约磴口县生态治理和沙产业发展的人才、技术、科技等瓶颈。

八是加强绿色有机品牌宣传。通过新媒体、报刊等多种形式，加大对磴口县特别是乌兰布和沙区重点企业、项目、产品的宣传推介力度，不断提升磴口县沙区绿色产业的知名度和影响力。

第二章

加强荒漠化综合防治，创造中国防沙治沙奇迹

一 "磴口模式"创造了古今中外的新奇迹

磴口县位于乌兰布和沙漠东北部，境内乌兰布和沙漠面积426.9万亩，占全县总面积的77%。20世纪50年代，为了改变生存环境，在县委、县政府的带领下，磴口人开始向沙漠进军。

历经七十余载接续奋战，磴口县干部群众靠着苦干、实干加巧干，付出了无数汗水、泪水乃至血水，硬是缚住了乌兰布和沙漠这头桀骜不驯的"红色公牛"。

七十多年来，磴口县先后实施了国家重点生态建设工程、"三

北"防护林体系建设工程、天然林保护工程、京津风沙源治理工程等一系列重点工程,坚持不懈地开展了全民植树造林运动。截至2024年,磴口县共实施生态治理面积210万亩,使乌兰布和沙区生态环境全面好转。

一代又一代治沙人坚守在防沙治沙一线,挥洒生命和汗水,无私奋斗和牺牲,在不毛之地的大漠里创造了空前绝后的治沙奇迹,探索出中国防沙治沙"磴口模式"。

中国特色社会主义进入新时代,磴口人以超前大胆的创新,

牧民新村

用生态建设的大手笔，构建了以自然保护地、农田防护林网、封沙育草区、防风阻沙区、光伏治沙区为主的"一地一网三区"五位一体综合治理体系，实现了生态效益、经济效益、社会效益的齐头并进。

如今的磴口县，昔日飞沙走石的苦寒之地，正以"百湖之乡、魅力磴口"闻名中外，生态环境全面好转，产业集群效应显现，民生福祉大幅提升。磴口人企盼已久的沙区绿起来、产业强起来、百姓富起来的梦想已然化作现实。

——乌兰布和沙区大面积绿起来，林草植被总量大幅度增加。京津风沙源治理、天然林保护工程等重点林业生态工程建设项目实施以来，磴口县新增人工造林面积27.57万亩，林草覆盖度从20世纪50年代初期的0.04%提高到37%。生态环境整体明显好转，风沙危害得到有效控制。据气象部门观测，全县沙暴日数由2010年的4天，减少到2020年的1天左右。县境内全年降水量由2010年的123毫米左右，增加到2020年的188毫米左右。

——乌兰布和沙区产业正在强起来，社会和经济效益显著。在生态治理建设中，磴口县坚持生态产业化、产业生态化工作思路，全面推进山水林田湖草沙综合治理，切实解决造林绿化和发展后续产业的关系，通过实施工程建设，拉动全县荒漠中药材、优质牧草、高效农牧业、生态旅游等产业的发展。

——乌兰布和沙区科学造林使农牧民更快富起来。根据磴口县特殊的地理条件，在林种、草种、树种选择上，坚持因地制宜、分类实施的原则，在农区套区，以乔木为主营造农田防护林；在乌兰布和沙区，以灌木为主营造防沙固沙林；在沙漠绿洲区，营造以生态、经济兼用型的多功能经济林，以达到生态好转和农牧民增收双赢。

——乌兰布和沙区树种结构开始"优"起来。在生态治理中，不断加大树种调整力度，大力种植梭梭、花棒、柠条等耐旱灌木树种和河北杨、香花槐等抗天牛树种，提高了造林成效。同时，先后引进栽植紫穗槐、柽柳、小胡杨、金叶榆、丝棉木、圆冠榆、长枝榆等新品种，开展混交种植，丰富和优化防沙治沙生态治理造林树种和结构。

乌兰布和沙区生态建设的辉煌战绩、治理成效得到全社会广泛认可。磴口县先后荣获全国防沙治沙先进集体、国家林下经济示范基地、全国"绿水青山就是金山银山"实践创新基地、全国防沙治沙综合示范区、"三北"工程科学绿化试点县等称号。

2023年7月，内蒙古自治区党委十一届六次全会审议通过的《内蒙古自治区党委关于全方位建设模范自治区的决定》中提出，"要坚持科学治沙，推广磴口模式及光伏治沙模式等治理模式"。

2023年6月5—6日，中共中央总书记、国家主席、中央军委主席习近平在巴彦淖尔市考察,并主持召开加强荒漠化综合防治和推进"三北"等重点生态工程建设座谈会,对防沙治沙"磴口模式"给予充分肯定。

2024年3月,"磴口模式"治沙群体被内蒙古自治区党委宣传部授予"北疆楷模"光荣称号。

二 "磴口模式"充分体现了制度的优越性

在干旱缺雨、资金匮乏的乌兰布和沙漠边缘进行防沙固沙、植树造林,是一个艰苦创业、久久为功的过程,犹如滚石上山,稍有松懈就会出现反弹。

磴口人在条件艰苦的环境下,能够七十多年如一日在乌兰布和大沙漠坚持不懈开展防沙治沙、植树造林,成就了惊天动地的防沙治沙奇迹,这一切只有在中国共产党的领导下,在社会主义条件下才能实现。

回顾和总结七十多年防沙治沙的艰辛历程、经验教训,磴口人真切地认识到,党的领导是各项事业无往而不胜的法宝,社会主义制度的优越性是干大事、办大事、成大事的可靠保证,人民政府主导、社会广泛参与、人民大力支持是防沙治沙各项工作取得胜利的牢固基石。

在新时代生态文明建设中,磴口县将防沙治沙置于所有工作的重中之重的突出位置来抓,从事关我国北方生态安全、事关强国强区建设、事关中华民族永续发展的高度看待这项事业。成立了磴口县防沙治沙生态建设工作领导小组,编制了《乌兰布和沙漠综合治理总体规划》,制定出台《磴口县乌兰布和沙区管理办法》和《磴口县创建全国防沙治沙综合示范区实施方案》。根据不同立地条

乌兰布和沙漠

件，坚持"宜造则造，宜封则封，封造结合"和"宜林则林，宜灌则灌，乔灌草结合，带片网结合"的原则，坚持生态治理产业化、产业发展生态化方向，积极争取防沙治沙建设项目。通过制度创新、资源盘活、经营示范、技术指导、政策扶持等方式，不断推进乌兰布和沙漠生态治理和产业发展。

磴口县七十多年的防沙治沙实践，充分证明，只有在社会主义制度条件下，才能发挥调动各方面积极性、集中力量办大事的显著优势，实现一个又一个"不可能"，创造一个又一个空前绝后的奇迹。

治理后的刘拐沙头

三 "磴口模式"体现了人民群众的创造力

人民群众是历史的创造者,是推动历史前进的强大力量,是中国式现代化的强大内驱力。党的二十大报告指出,"全面建设社会主义现代化国家,必须充分发挥亿万人民的创造伟力。"

新时代防沙治沙"磴口模式"是人民群众在治理荒漠化的实践中,探索、创造、完善并形成的一系列符合乌兰布和沙区实际做法、经验、规律的总结,是实践到理论的飞跃,充分体现了人民群众的聪明才智和创造活力。

在党的领导下,"誓叫沙海变良田"的美好愿景极大地激发了磴口各族人民群众的创造热情,在防沙治沙的过程中涌现出众多先进典型和模范人物,为实现现代化蓄积了强大动能。

在这一过程中,以杨力生同志和历届县委、县政府一班人为杰出代表的党员领导干部,以常大拉、谢恭德等基层党员为领头羊的治沙群体,一任接着一任干,一张蓝图绘到底。他们吃苦在前、奉献在前、冲锋在前的姿态和行动,是向沙漠进军最好的动员令,是鼓舞人民投身治沙伟业最好的宣言书,使人民群众防沙治沙、植树造林的主体自觉极大释放,汇聚成强大精神动能,化作防沙治沙的冲天干劲。

中国特色社会主义进入新时代,党领导人民解决了许多长期想解

新中国成立后,人民积极参与沙漠治理

决而没有解决的难题,办成了许多过去想办而没有办成的大事,人民群众的获得感、幸福感、安全感更加充实,这极大激发了磴口县各族人民群众参与改革和防沙治沙的首创精神。

今日长缨在手,何时缚住苍龙?在探索新时代防沙治沙"磴口模式"的历史进程中,磴口几代人努力奋斗的实践告诉我们:只有在中国共产党和人民政府的领导下,在社会主义制度的优越条件下,人民群众才真正掌握了自身的命运,才制服、缚住乌兰布和沙漠这头"红色公牛",从而实现从站起来、富起来到强起来的伟大飞跃。

新时代新征程,要继续发扬光大防沙治沙"磴口模式",就必

须坚持全心全意为人民服务的根本宗旨，树牢群众观点，贯彻群众路线，尊重人民群众的首创精神，坚持防沙治沙为了人民，依靠人民防沙治沙，全县上下勇担使命、不畏艰辛、久久为功，努力创造新时代中国防沙治沙新奇迹，把祖国北疆这道万里绿色屏障构筑得更加牢固。

四 "磴口模式"与时俱进不断丰富与完善

新时代防沙治沙"磴口模式"是一种凝聚科技力量防沙治沙的技术模式。为了保证树种成活率，磴口县多点发力，努力探索防沙治沙有效路径。通过搜集干旱区的种质资源，培育新的抗旱耐盐碱品种，营造防护林网、防护林带，构建以自然保护地、农田防护林网、封沙育草区、防风阻沙区、光伏治沙区为主的"一地一网三区"五位一体综合治理体系。

一是以自然保护地为基础，保护沙漠原生资源。磴口县委统筹布局哈腾套海国家级自然保护区、纳林湖国家湿地公园、奈伦湖国家湿地公园和沙金套海国家沙漠公园等自然保护地总面积191.4万亩，维护自然生态系统健康稳定，稳住治沙基本盘。

湖光秋色

二是以农田防护林网为核心,构筑绿色生态屏障。在乌兰布和沙漠东缘围绕农田建设防护林,围绕路网营造林网,完成农田防护林网防护面积157万亩,形成了"宽林带、大网格、低耗水"的新型农田防护林模式。

三是以封沙育草区为前沿,控制流动沙丘迁移。采取围栏封育和人工干扰的措施,治理沙漠21万亩,促进天然植被恢复。对于裸露沙丘,通过飞播和人工播种籽蒿、花棒、沙拐枣等方式,控制流沙移动。

四是以防风阻沙区为关键,加强重点区域治理。采用冷藏苗避

梭梭林

风造林、冬贮苗造林、高压水打孔植苗造林、飞播造林、生物+沙障等复合技术，选用梭梭、花棒、柽柳、柠条等优良抗逆植物，通过先固沙后造林、片带结合、多带配置等方法构建防风阻沙林，完成治沙造林面积130万亩。

五是以光伏治沙区为示范，推动治沙高效利用。先后引进国电投、易事特、大唐、国龙、蒙能等企业，打造光伏+生态治理模式，实现生态治理和经济效益双赢。完成光伏+生态治理162万千瓦，占地面积约5万亩，在建360万千瓦，占地面积约11万亩。"绿水青山"成了助推县域经济高质量发展的"金山银山"。

中国特色社会主义进入新时代,磴口防沙治沙的接力棒在继续传递,磴口人追随前人的脚步,牢记嘱托、感恩奋进,不断焕发出"誓叫沙漠换新颜、敢把沙漠变绿洲"的顽强斗志,坚决扛牢黄河"几字弯"攻坚战核心区和前沿阵地的使命责任,全面挖掘升华"磴口模式"的丰富内涵和时代价值。

——打造防沙治沙+系统治理样板。坚持系统观念,以防沙治沙和荒漠化防治为主攻方向,护山、节水、造林、改田、保湖、增

沙漠越野

阴山岩刻

草、治沙协同推进,统筹谋划沙漠边缘和腹地、上风口和下风口、沙源区和路径区,全力构建点线面结合的生态防护网络,持续提升沙漠生态系统质量和稳定性。力争到2030年,完成荒漠化治理168.5万亩,实现县域内荒漠化治理全覆盖。

——打造防沙治沙+光伏产业样板。追"光"逐"绿",力争"十五五"早期,全县新能源装机规模达到1400万千瓦以上,光伏治沙面积达到35万亩以上,全县沙产业产值达到160亿元以上,全力打造新能源创新发展新高地。

——打造防沙治沙+有机奶业样板。深入推进奶业振兴,力争到

2027年，在沙区建成规模化奶牛养殖场56座，奶牛存栏量达到18万头，有机奶产量突破40万吨，奶产业实现产值75亿元，建成全球最大有机奶全产业链生产基地、全国县域内牛奶产量最大的生产基地。

——打造防沙治沙+特色有机农业样板。选育和推广优质饲草新品种，有机牧草、肉苁蓉、中草药材、特色林果等种植面积达到60万亩。促进酿酒葡萄、肉苁蓉、华莱士瓜、番茄、糯玉米等有机产品精深加工，让更多"沙生产品"优质优价、享誉全国。

——打造防沙治沙+全域旅游样板。依托县域内山水林田湖草沙全要素旅游资源优势，突出沿沙、沿河、沿山三条生态旅游路线，纳入黄河文化旅游带，巩固提升鸡鹿塞、纳林湖等景区品质和地域品牌影响力，改造提升黄河三盛公水利枢纽风景区，建成乌兰布和沙漠生态博览体验区，形成龙头带动、全域发展的生态旅游新格局。

五 在防沙治沙中铸牢中华民族共同体意识

回顾、总结中国防沙治沙"磴口模式"形成与发展的不平凡历程，不啻一部各民族交往、交流、交融的发展史、活教材，通过防沙治沙弘扬主旋律、传播正能量、提振精气神，构筑起中华民族共有精神家园，让中华民族共同体意识深深植根于全县各族人民心灵深处。

（一）中国防沙治沙"磴口模式"形成与发展的七十多年历史，是一部民族和谐、共同进步，防沙治沙、共同繁荣的民族团结史

从1950年开始，每逢春秋两季，全县上下步调一致植树造林，各族人民同心协力防沙治沙。一场有组织、有领导、有规划、有措施的群众性治沙造林、封沙育草运动在磴口县大面积展开。

全县上下不分干群、不分民族、不分老少、不分先后，以各级党组织为核心，以区、乡、村为单位，以青年、妇女、民兵为骨干，造林大军把锅灶、帐篷、托儿所搬到工地，夜以继日，连续作战。"政治挂帅打先锋，男女老少齐动手。披星戴月赶时间，精神百倍斗黄龙"的战斗口号，有力地鼓舞了各族群众防沙治沙的决心和斗志。

各族群众同舟共济、和谐相处、心系一处、干在一起。在1952年10月召开的磴口县首届防沙造林代表会议上，评选出的20名封沙造林模范和积极分子中，就有黄沙露兰、马守孝、靳振国、康永祯、陶恒元、李贵富、张凤仙、常大拉等。他们是磴口各族群众在

造林治沙中涌现出的杰出代表。

在防沙治沙活动中，磴口县对各族农牧民开展持续深入的宣传教育，使各族牧民群众认识到，防沙造林不仅消灭风沙灾害、制止黄河泛滥，也有利于恢复牧区植被、发展畜牧业生产。

各族群众同舟共济

全县组织放牧小组，吸收牧工为护林员，并发动牧工互相监督、保护草木，实行逐级分段负责制度。

在防沙治沙中，广大牧民发自内心地拥护防沙治沙工作。因营造护牧林受到巴彦淖尔盟奖励的何芝乃，就是一位地地道道的蒙古族牧民。他自觉遵守"护林、护草、护坝"的"三护"规定，从不在沙边5里宽的重点封沙线内放牧……

1958年春，磴口县人民在县委、县政府的领导下，掀起了一轮比1956年规模更大的植树造林运动。河壕大队马路小队的青年妇女生产队队长马俊兰，带领25名女社员露宿沙漠腹地，苦战五昼夜造林260多亩……

正是因为黄沙露兰、何芝乃们的艰辛付出，马守孝、马俊兰们的执着坚守，康永祯、常大拉们的无私奉献，才铸造了中国防沙治沙"磴口模式"七十年的辉煌！

（二）中国防沙治沙"磴口模式"形成与发展的七十多年历史，是各族人民血浓于水、亲密无间，热爱家乡、建设家乡的地区发展史

"上下五千年，磴口领风骚。"磴口地处河套平原，是黄河北曲东进的重要节点，西北阴山环拥且与漠北形成天然屏障，曾是河套人聚居以及农耕文明的摇篮，秦汉设治、视为根基，历史悠久、文化厚重，各族人民在这里和谐共生，共同创造了辉煌的河套文化。

新中国成立以后，在党的坚强领导下，磴口各族儿女持续开展治沙行动，在乌兰布和沙漠边缘构筑起长160多公里、宽500米的绿色长城。提出"以生态建设统揽全局"的战略决策，确立了"创建黄河中上游生态建设第一县"的奋斗目标，出台了《关于加快林业生态建设步伐的决定》。相继启动"三北"防护林体系建设工程、

天然林保护工程、退耕还林工程、京津风沙源治理二期、山水林田湖草生态修复保护试点等一批国家重点林业生态建设工程。全县沙化速度持续减缓，呈现"整体遏制，局部好转"的良好态势，全县林草覆盖度达到37%。在七十多年防风治沙"家园保卫战"的淬炼中，磴口各族人民锻造出了"干事创业、大公无私，不畏艰难、负重前行，团结拼搏、敢于胜利，继往开来、永不止步"的中国防沙治沙"磴口模式"内核，铸牢了中国心、凝聚了民族魂。

在不同的历史阶段，中国防沙治沙"磴口模式"激励着磴口

各族儿女阔步前行。在誓与风沙要绿树蓝天、争夺生存空间的决战中，历经七十多年艰辛跋涉、顽强拼搏，磴口各族儿女用汗水、泪水乃至血水在乌兰布和沙漠建成了一道葱郁挺拔、迎风矗立的绿色长城，使县域生态环境和人居环境得到极大改善，经济社会发展呈现繁荣景象。"磴口模式"的形成历程，有形有感有效地诠释了磴口各族人民休戚与共、荣辱与共、生死与共、命运与共的中华民族共同体意识。

（三）中国防沙治沙"磴口模式"形成与发展的七十多年历史，是筑梦新时代、奋进新征程，铸牢中华民族共同体意识的共同进步史

七十多年来，磴口县历届领导班子坚持防沙治沙，一张蓝图绘到底，一届接着一届干，形成党政统一领导，乡镇各负其责，单位合力推进，企业承包养护，全社会广泛参与的防沙治沙机制。2021年，磴口县成为全国防沙治沙综合示范区，为全国荒漠化治理提供了可复制、可推广的"巴彦淖尔经验"。2023年7月，自治区党委十一届六次全会审议通过的《内蒙古自治区党委关于全方位建设模范自治区的决定》中提出，"要坚持科学治沙，推广磴口模式及光伏治沙模式等治理模式"。"磴口模式"培育出一批防沙治沙典范，把磴口县打造成各族人民共同呵护、共同生活的美好家园。

七十多年的历史长河中，治沙先辈的精神薪火相传，涌现出了杨力生、常大拉、黄沙露兰、巴图等一批批治沙楷模。磴口各族儿女继承了先辈植树造林的优良传统，在防沙治沙、沙区开发上创新思路，把防沙、治沙、用沙有机结合起来，通过实施"三北"防护林体系建设工程、天然林保护工程、退耕还林工程、京津风沙源二期工程等国家重点工程，累计完成生态治沙130万亩。采取乔、灌、草结合，造、封、飞并举，生物工程措施并用的综合治理方式，形成配置合理、结构完善、经济效益显著的生态防护林体系，安全地守护着沙漠绿洲，彻底切断了乌兰布和沙漠向河套地区和华北地区侵蚀的通道。在这一过程中，无数的身边榜样，引导磴口各族儿女在推进治沙事业的进程中，不断铸牢中华民族共同体意识。

推进生态经济的双赢。乌兰布和，蒙古语意为"红色公牛"。作为我国第八大沙漠，这片沙漠年均降水量只有110毫米左右，蒸发量却达2400毫米。治理好乌兰布和沙漠，对于保护黄河和京津冀地区生态环境意义重大。磴口县境内沙漠面积近430万亩，占全县总面积的77.3%。20世纪50年代，磴口人就开始和这片沙漠做斗争。历经七十余载，几代治沙人接续奋斗，先后实施了国家重点生态建设、天然林保护等重点工程，使乌兰布和沙区生态环境全面好转，近210万亩的沙漠披绿装，形成160多个沙漠湖泊，林草覆盖度由新中国成立初期的0.04%提高到37.2%，乌兰布和沙漠每年向黄河的输沙量由过去的7000多万吨减少到370万吨左右，实现了"绿进沙退"的巨变。磴口县先后被评为全区防沙治沙先进集体，获得全区生态建设"绿化杯"奖、国家林下经济示范基地、全国防沙治沙综合示范区、全国"绿水青山就是金山银山"实践创新基地等荣誉称号。

第三章

"磴口模式"防沙治沙的历史进程和艰辛探索

解放前,磴口县是一个沙害严重,几乎没有树木的地方,除了三盛公、渡口、补隆淖尔等几处天主教堂栽有成片林木外,其他地方无林业可言。

解放前,磴口县人口只有1.7万多,9万多亩耕地。由于地理位置东临黄河,三面环沙,这里成为一个频繁遭受风沙、洪水严重侵害的地区。据史料记载,磴口地区的沙漠在100多年以前还遍生红柳、白茨、沙蒿、沙冬青等灌木、杂草,移动缓慢。但由于清政府腐败无能,西方帝国主义通过传教于1875年侵入这一地区,致使其地生态环境日趋恶化。教会用"后套地面好,烧的红柳枳芨草",引诱农民乱垦滥伐,严重破坏了固沙植物,积年累月,使大约50里宽的地区，草木被砍伐一空。流沙如脱缰野马，滚滚东侵，平均每年向前移动10—15米，最快每年向前移动70—80米。

据1950年调查，三四十年间，流沙由西向东移动了四五华里。因此，解放前这里的人民除了遭受帝国主义、国民党反动派和恶霸地主的残酷剥削压榨外，还遭受着沙尘暴等自然灾害的严重侵害。民间流传着这样的顺口溜："一年一场风，从春刮到冬。沙漠无阻拦，不断向东侵。黄河水患多，生命无保证。""沙漠无阻拦，不断向东侵"确是这一地区的真实写照。在解放前的30年间，沈家河大干渠因沙压改道7次，沙压的支、毛渠到处可见，公路阻塞不通，大片良田被沙漠吞噬，大量流沙侵泻黄河。

据统计，解放前40年间被流沙埋压的农田达4万余亩，因沙打庄稼而年年减少收成的沙边地约5万余亩，被流沙埋没的村庄有圣母堂、大兰粮台、归房村等14处，共计400多户人家。补隆淖尔河壕村有居民30多户，房屋50多间，因流沙全部被吞没，村民迁移四散。杨家茅庵一仇姓人家，20年间被流沙所逼搬家4次，所种的160亩耕地，因流沙年年吞噬，最后只剩下5亩。河壕村农民刘瑞栓1944年与人合伙种地170亩，在风沙侵害下，共产粮食3600斤，平均亩产仅21斤，因产的粮食还不够交地主的租粮，只好背井离乡，逃荒在外。

沿沙边的农田，遇上风多风大的年头，风沙往往把麦苗打死，或连根刮走，常常是"十种九空"，几乎没有收成，即使在风沙较少的年头，收成也少得可怜，亩产仅达60—90斤。据有关资料记载，1947年春天的一场大风，使沿沙边种植的夏季作物全部受灾，颗粒未收。特别是老磴口到二子店一带，流沙侵到黄河岸边，形成沙水互争，造成河水泛滥，沿河的傅家湾子、贝子坝、河拐子、二子店等村庄的居民被迫全部搬迁。这一带成了通向银川的荒凉沙漠道路，成为土匪出没、抢劫行人的地区。因此，当时在人民群众中还流传着这样的歌谣："滔滔黄河水连天，冲积河套好平原，塞外的寒风哟，吹来沙漠弥漫漫，沙漠无情压农田，逼得人们把家搬……"

在旧中国，磴口县只见荒沙，不见树木。1949年，磴口县人民政府建设科的生产总结显示："有公共树园30个，园内树7471株，散生树2172株；私人树园120个，园内树32361株，散生树12277株。全县统计共有树园150个，合308.5亩，有树54281株。"在625万亩土地面积中，只有308.5亩树地，在4166.6平方公里土地上，只有"小老头树"5万多株，这就是当时磴口的全部林业家底。

一 拉开治沙造林的序幕

新中国成立后,中共磴口县委把战胜风沙灾害,发展农牧业生产列为首要任务,决心制服"黄龙",保卫母亲河,改变这里黄沙漫天的面貌,提出了"面向沙漠,面向黄河,植树造林,封沙育林,保护草原,发展农牧业生产"的奋斗方针。从此,磴口人踏上

新中国成立后,当地群众自发开展沙漠治理

第一任书记杨力生（右一）

了防沙治沙、绿化荒漠的漫漫征途。

1949年11月1日，中共磴口县委第一任书记杨力生、县长李尔直受中共宁夏省委委派，率领30名干部到达磴口县，接管旧政权。

面对恶劣的自然环境，人民生活极端困难的现状，县委首先派出干部深入群众中，体察民情，了解县情。11月20日，杨力生召集佃农孙满有等八人，了解群众生活。在座谈中，佃农们提出租佃关系和滥砍沙边柴草致使流沙危害农田以及无柴烧是当前群众生活中的严重问题，引起杨力生等县委领导的重视。随后，县委书记杨力生赴四坝下乡时，发现数百人在沙窝里掏柴，经了解，不但有本县群众，还有绥西的群众，他们从老远的地方赶着牛车来这里，就是因为没有柴烧。群众纷纷反映滥砍柴草，破坏植被，沙逼人退。杨力生感到了问题的严重性，经过认真调查研究，县领导班子认识到：要缓和流沙危害，必须封沙护草，严禁砍伐沙边柴草。而要防止乱砍滥伐，首先必须解决群众的烧柴问题。

1950年1月30日，磴口县委召开首届人民代表会议，在会上就严禁在沙漠乱打柴草，倡导群众停止烧柴草，改烧煤炭这一问题，展开了专题讨论。人民代表、民主人士辛学亮和马广元等人积极响应。会后，辛学亮、马广元自筹资金修造了3艘木船，开始运煤。之后，又由群众集股造船8艘拉运煤炭，后由供销社经营。县里成立了煤炭合作供销社，同阿拉善旗、乌达等地的煤矿商定，以优先运炭秋后付钱的办法，使全县的机关、团体、学校全部改烧煤炭，70%的城镇居民改烧煤炭。

群众的烧柴问题初步得到解决，但要做好封沙育草、植树造林，没有专门的机构是不行的。1950年4月27日，宁夏省人民政府根据磴口县委的建议，决定在磴口县建立防沙林场，选派马守孝、张涛、宛若珊等3名林业技术人员着手育苗造林工作。这3位同志在条件相当艰苦的情况下，借住在三盛公任根锁家厕所旁的小房子里，白手起家，动手育苗，经过一年多的艰苦努力，建起了场站。

为了加强对造林工作的领导，磴口县委陆续给林场配备人力，使林场干部职工增加到30多人。磴口县防沙林场的建立，为以后全面开展植树造林运动奠定了良好的基础，这里培育出的树苗和培养出的人才，为磴口县治沙造林奠定了雄厚的物质和人才基础。

经过一段时间的调查、研究、摸底，了解县情和人力、物力上的准备，县委认为全面开展植树造林工作的条件已经成熟。于是，1950年10月21日，磴口县委、县人民政府召开三级干部会议，研讨、部署全县防沙造林工作。在这次会议上，针对当年春季所

乌兰布和沙漠原貌

栽的3400株树成活率低的情况，查原因、找差距。与会人员一致认为，造成这种情况的主要原因是宣传、发动群众保种保活工作做得不够，县、区、乡三级干部检查不力。在吸取经验教训的基础上，经认真研究、讨论后决定：健全组织领导，进行重点造林，大力宣传"谁地，谁栽，谁有"的政策。把造林的群众组织起来，分工负责，在已选好的靠近沙边的林地上，以随砍、随运、随栽的办法，保证栽一棵活一棵。同时，组织群众，合作造林；发动群众，有栽出栽，有力出力，将来林权共有，利益均沾。

在这次会议上，还有一项重大决策，就是杨力生书记提议，决定做"沿沙设防，植树造林，营造防沙林带，保护沙区草木；沿河筑堤，沿堤栽树，营造黄河护岸林带"的建设工程。这项决策是磴口县解放以来最具历史意义的决策，它为磴口县的防沙造林和治理黄河规划了一个宏伟的蓝图。

为了完成这次会议提出的各项任务，在县委、县政府的领导下，从1950年开始，发动干部群众以合作造林的方式植树造林，修建防洪堤。一场全民总动员，向风沙灾害做斗争的治沙造林运动从此拉开战幕。

二　全民动手开展合作造林

针对磴口县树木少、苗木严重不足这一问题，磴口县一方面由防沙林场积极育苗，另一方面派出林业干部赴外地采购树种、树苗。仅1951年就从外地购进各类树种5200多斤，从银川、陕坝购买杨树、柳树苗388134株。同时，对全县的母树分布情况做了调查，并没收全县所有地主的林木163亩，将其作为母树，基本上解决了苗木问题。

1951年10月，为实施防护林工程，宁夏省人民政府、磴口县人民政府和磴口县防沙林场联合组织了由13人参加的防沙林地调查队，在时任县长刘思孝的带领下，于10月11日开始，历时50多天，用罗盘仪导线，小平板勾绘，完成了由南粮台沿沙边到四坝下西闸子与杭锦后旗召庙乌渠，全长312华里、15072亩防沙林带的勘察设计任务。同时，对划入林带的3570亩农田，采取开荒、调补、协商的办法，予以合理解决。

同年11月2日，磴口县人民政府报请宁夏省人民政府批准，发布《关于封沙护草办法》的布告，规定：凡沙漠内外野生的灌木柴草,有固沙、覆沙或阻沙作用的,一律保护,不准采伐;凡修筑柴坝及开垦,搞副业生产,均在不妨害防风治沙和保持水土的原则下进行。一场全党动员、全民动手,有组织、有领导、有规划、有措施的群众性封沙育草、治沙造林运动在全县展开。从1950年开始数年间,每逢春秋两季,全县人马开进沙漠边缘植树造林,沿沙地带红旗招展,人山人海,一派繁忙景象。

封沙育草,植树造林一开始就遇到重重困难。一是干部没有经验,群众不习惯;二是有的群众顾虑重重,认为"风沙灾害是天

干部群众义务种植沙生灌木苗

意，是黄龙神沙，植树造林也白搭"；三是大多数群众怕造林影响放牧和占用农田，不愿拿出沙边好地造林；四是有的群众怕封沙育草以后没处打柴、挖甘草，怕栽树无地权，怕树权归公等。所有这些思想问题，也反映在党内和部分干部中。这些思想的实质是对防止风沙灾害和水患缺乏信心，怀疑党的方针、政策，怀疑全县人民的力量能否战胜自然灾害。同时，也存在一些实际问题，如烧柴问题、地权问题、树木种苗问题等。

当时，摆在磴口人民面前的有两条路，一条是面向沙漠、水患，组织依靠群众，向大自然宣战；一条是向沙漠妥协，听任沙漠危害人民生活。磴口县委坚定不移地选择了前一条路，通过不同会议，批判了各种不正确的思想。

县委书记杨力生在各级干部会议上多次强调："谁要忽视治沙造林工作，谁就会在政治上犯错误，谁就有罪于子孙后辈。"他要求，各级干部深入群众中去，组织群众，向群众宣传治沙造林的重大意义，解除群众的思想顾虑。县团委组织协助党组织开展了声势浩大的宣传活动，动员314名青年组成34个宣传队、组，深入农家、田间，到处宣传"人定胜天"的思想，动员群众破除迷信，起来和沙漠作战。

通过深入群众做耐心细致的思想工作，群众的顾虑解除了，造林积极性起来了。县委在此基础上，根据磴口县人口少，居住分散，小农经济占优势的特点，因地制宜地组织了公私合营造林社、群众合作造林社和合作造林小组48个，并在技术上给予指导，成立了县林场和4个林站。

每年造林季节，磴口县以区、乡、村为单位，以各级党组织为核心，以青年、妇女、民兵为骨干和主力军，分别组织造林大队、中队和小队，昼夜突击，连续作战。各级领导、林业干部亲自动手，勘查林地，参加造林，并提出"植树造林栽富根，不让黄沙向东侵，筑起沙边绿长城，发展生产有保障"的战斗口号，有力地鼓舞了群众的斗志。在造林高潮时期，群众把锅灶、帐篷、托儿所搬到工地，还组织了以英雄命名的"黄继光""董存瑞""刘胡兰"造林突击队和战斗班、排。当时，群众形容这种场面是"政治挂帅打先锋，男女老少齐动手，披星戴月赶时间，精神百倍斗黄龙"。经过3年的封沙育草、植树造林运动，全县共造林3923亩，植树969277株，沿沙边杂草灌木生长面积扩大了3—5倍。

1952年10月，为表彰在封沙育草、植树造林运动中涌现出来的模范人物和积极分子，进一步搞好治沙造林工作，磴口县委决定召开首届防沙造林代表会议。这次会议共有代表133名，评选出下西闸子、大胜永、坝楞3个模范造林合作社，武成功、佟秀贞、王曰虎、马吉英等4名封沙造林模范，以及刘华、马守孝、靳振国、康永祯、陶恒元、李贵富、孙林涛、张国英、张凤仙、黄沙露兰、

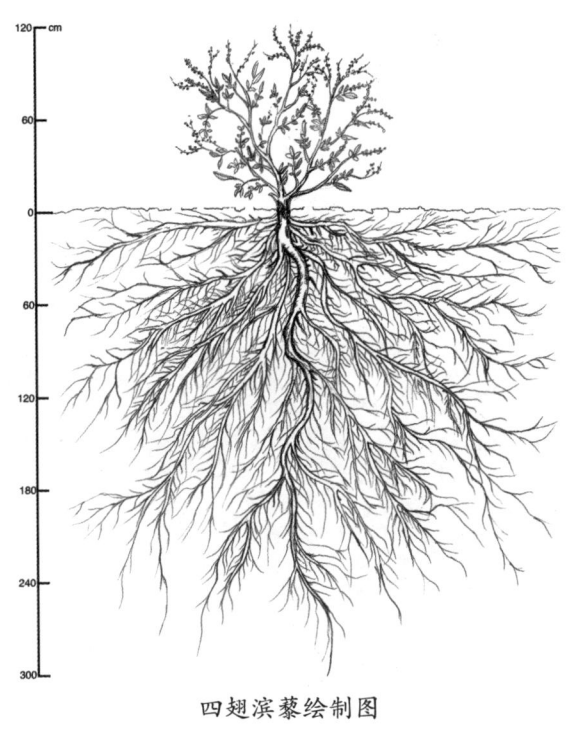

四翅滨藜绘制图

常大拉等16名植树造林、封沙育草积极分子。会议明确：防沙造林是消灭风沙灾害和制止黄河泛滥的关键所在。会议要求把全县群众发动起来，开展造林、护林的挑战竞赛，保证完成1952年秋季造林任务和护林防火、封沙育草及护岸防洪等工作。同时，决定加强对农牧民的思想教育，组织放牧小组，吸收牧工为护林员，并发动牧工互相监督、保护草木，实行逐级分段负责制度，做好"护林、护草、护坝"的"三护"工作。

在这次会议上，学习总结了在流沙上扎风墙、沙前种高秆作

物挡沙、种沙蒿固沙、合作育苗、护林护草等治沙经验。全体代表还研究制定了4项工作计划：一是1952年秋季造林面积要达到3279亩，成活率达到90%；二是保证在沙边5里宽的重点封沙线内不放牧，在流沙严重地带扎风墙、筑柴坝13里，采集1000亩以上的沙蒿籽种；三是组织群众打野兔2000只，保护幼树成活；四是这次会议的代表要成为封沙育草、植树造林的宣传员和骨干分子。

县委书记杨力生在会议总结报告中，概括总结了群众的经验，提出了流沙有"一喜三怕"（喜风、怕树、怕草、怕水）的见解和"四多"（人多、树多、草多、土多）、"四勤"（口勤、脑勤、手勤、腿勤）、"四自"（自采种、自育苗、自造林、自保护）等治沙措施和工作方法。"四多"是与风沙做斗争的力量和武器；"四勤"是扎扎实实地做好护林护草工作；"四自"是在造林工作中贯彻自力更生精神。

会议决定：根据《宁夏省林木保育暂行办法》，制定《磴口县林木保育具体实施规定》。会后，全县上下总动员，从10月20日开始，利用10天时间超额完成当年秋季造林任务，参加造林的群众5000多人，共造林3276亩、839349棵。在流沙严重地带扎风墙14华里（风墙平均高4尺，宽3尺）。为提高林木成活率，造林前进行了整地，造林后又全部灌水。当年野兔成群，对幼树和庄稼的危害很大，据统计，当时被野兔啃死的幼树占死树的20%多。所以，打野兔也成为护林的基本措施之一。1952年冬季，县里组织干部群众及学生1000多人，打野兔2000多只。

由于磴口县各级党政领导的重视和广大群众的努力，到1953年，全县造林面积达到13875亩，林木本身的直接效益达到190万元。沙边天然散生的芦苇、白茨、沙蒿等灌木杂草繁殖茂密，基本连片成网，使全县农田基本上免除风沙侵害，沙边地可以种植小麦，并获得了较好的收成，由原来的亩产60斤、90斤，提高到

200—400斤，有的丰产田产量更高。

　　1956年，党中央发出植树造林、绿化祖国的伟大号召，群众建设社会主义的生产积极性空前高涨，在全县掀起了一个轰轰烈烈的植树造林运动。全县广大干部群众总动员，一年完成人工造林24975亩，共计12969191株，相当于1950—1955年造林总面积的1.2倍。1957年，植树造林做了大面积的压缩，全年造林8729亩。

　　同年12月，党中央制定"鼓足干劲，力争上游，多快好省地建设社会主义"的总路线，磴口县委组织干部群众进行学习，在学习过程中系统地总结了磴口县林业建设的功过得失。一致认为，磴口县要多快好省地建设社会主义，治沙造林、封沙育草仍然是主攻方向之一，必须继续巩固和发展磴口县的治沙造林、封沙育草事业。因此，磴口县人民委员会于1957年12月5日制定并公布了《磴口县林木管理保护暂行办法》。

三　跻身全国治沙造林模范县行列

　　1958年春，林业部授予磴口县全国治沙造林模范县的光荣称号。喜讯传来，干部群众无不欢欣鼓舞，全县人民在县委的带领

河套大地珍珠撒

下,立即掀起了比1956年规模更大的植树造林运动。

全县组织了一个造林战斗团,由时任县委第一书记卜云岫任政治委员,县长李辅臣任团长,率领3个人民公社的3个战斗营和2个直属连,近万名植树大军,开赴沙漠和黄河岸边,安营扎寨,展开了大规模的植树造林。

他们住在沙漠、战在沙窝,有时掌灯砍条,月下栽树。正像当时全国流行的豪言壮语一样,"老年赛黄忠,壮年赛赵云,青年赛罗成,妇女赛穆桂英"。

特别值得一提的是,广大妇女和青年,除在造林期间和群众一起植树外,还义务营造"社会主义妇女林""共青团林""红领巾林"。多造林,造好林,争当模范先进的良好风气在群众中形成。

这年春秋两季完成造林101023亩,造林成活率达到90%。造林面积等于前7年造林总和的1.8倍。仅春季造林就完成37610亩,等于解放以来造林总和的70%。造林地多集中在308华里防沙林带,通过境内的铁路两侧,已建成的公路全部绿化,另外对集镇、居民点、机关、学校、工厂和人民公社所在地进行了四旁绿化。

经过10年苦战,深入持久地开展封沙育草、治沙造林,308华里防沙林带终于建成,绿色星星点点地积累起来,逐渐汇聚成绿色的海洋。到1959年,磴口县人民终于制服"黄龙",战胜了风沙灾害。昔日穷沙恶水、一穷二白的荒凉面貌变成绿树成荫、牛羊遍野、五谷丰登的繁荣景象,为磴口人民的安居乐业和经济发展奠定了坚实的基础。

到1959年,磴口县人口由1949年的17807人增加到37917人,农作物播种面积由1949年的68318亩增加到187133亩,粮食亩产量由1949年的70斤左右增加到450斤左右,牲畜总头数由1949年的27169头(只)增加到54975头(只),林木总面积由1949年的308.5亩增加到157373亩,农牧民的经济收入大幅度增加。

四 拨乱反正，百废重兴

20世纪六七十年代，磴口县林业遭受严重破坏。到1974年，全县有林面积仅2万亩。

国民经济困难时期，磴口社队林业组织被撤销，因而放松了管

沙漠里的音符

理保护，加之大量毁林开荒，林木受到严重破坏，全县林木损失达4.4万亩。

20世纪60年代中期，随着经济形势的好转，全县林业建设又兴起以弥补加宽恢复林带和黏土压沙为重点的造林治沙工作。到1967年，全县人工林面积恢复到63790亩。

"文化大革命"期间，磴口县植树造林中止2年，县农、牧、林、水局的林业工作站被撤销，县林场交给生产建设兵团，种地烧砖窑，社队组织瘫痪，乱砍滥伐成材林木，造成重大损失。到1974年森林普查时，全县人工林下降到21690亩，破坏面积占66%，使林带出现82处缺口，仅县林场一家移交生产建设兵团的10年间，林木损失就达1万亩。同时，将群众私有林木不恰当地折价入社或借农田规划强行砍伐，严重地挫伤了群众植树造林的积极性，造成社员个人所有林木的大量损失。

1975年，磴口县委、县政府再度抓林业建设工作。十一届三中全会后，全县每年植树约2万亩。截至1987年底，全县共有人工林20.5万亩。

从1998年开始，磴口县加快了生态建设步伐。在造林组织和形式上，随着社会主义市场经济的发展，过去发动群众大规模植树造林的人海战术已经不能适应社会发展的需求，加之造林的主战场向沙漠纵深发展，造林方式由过去单一的人工造林转变为人工造林、飞机播种造林和封沙育林（草），造林树种由过去单一的乔木造林转变为乔、灌、草相结合，造林模式由过去单一的带状造林转变为带、网、片相结合的造林模式。

从1998年开始，磴口县将发展非公有制林业列为重点，多种所有制林业成分并存。在全市率先组建了造林工程队，实行专业化造林、企业化管理、市场化运作的管理方式；在农牧区通过采取无偿提供苗木、网围栏，给予造林成活面积在50亩以上的农户每亩20元的经济补贴等措施，发展生态经济户和造林大户。

通过招商引资的方式，磴口县先后引进内蒙古盘古集团、北京帕莱斯集团，同时积极争取内蒙古民政厅、内蒙古林科院、内蒙古农业厅、巴彦淖尔市相关部门的大力支持，联合本地王爷地公司、三利公司等35家企业开展沙漠治理，使全县林业生态建设体系和林业产业体系逐步完备。

全县平均每年以植树造林、封沙育林10万亩的速度递增，截至2009年，全县人工造林保存面积达49万亩，包括防护林面积428610亩，其中，乔木林132285亩，灌木林296325亩；用材林45780亩；经济林4680亩，其中，梨树3930亩；特种用途林10800亩。人工造林未成林面积1344700亩，其中，灌木林1111575亩。全县有四旁树2003250株。活立木蓄积量1294604立方米。

五 实施"三北"防护林体系建设工程

（一）"三北"防护林体系建设工程的由来

早在1964年，周恩来总理就林业发展作出重要批示："林业要以营林为基础。造林要把重点放在水土流失、风沙危害严重的地区，有阵地、有重点、有步骤地前进。"根据周总理的指示精神，林业部组织力量深入沙区、山区调研，形成了在我国西北、华北、东北西部干旱、风沙危害、水土流失地带建设大型防护林工程的构想。后来，这一构想搁置。

1978年初，有专家学者提出《关于在我国北方地区建设大型防护林带的建议》，国家林业总局迅速组织力量开展调查研究。在此基础上，编制了"三北"防护林体系建设规划。1978年11月25日，国务院转批了《国家林业总局关于西北、华北、东北风沙危害和水土流失重点地区建设大型防护林的规划》。同时，国务院相继成立了"三北"防护林建设领导小组，组建了"三北"防护林建设局。

飞播造林

从此,揭开了我国大规模生态建设的序幕。

"三北"防护林体系工程地跨东北西部、华北北部和西北大部分地区,包括我国北方13个省区市的551个县(旗、市、区),建设范围东起黑龙江省的宾县,西至新疆维吾尔自治区乌孜别里山口,东西长4480公里,南北宽560—1460公里,总面积406.9万平方

公里，占国土面积的42.4%，接近我国的半壁河山。

按照工程建设总体规划，从1978年开始到2050年结束，分3个阶段，8期工程，建设期限73年，共需造林5.34亿亩。在保护现有森林植被的基础上，采取人工造林、封山封沙育林和飞机播种造林等措施，实行乔、灌、草结合，带、片、网结合，多树种、多林种结

合，建设一个功能完备、结构合理、系统稳定的大型防护林体系，使"三北"地区的森林覆盖率由5.05%提高到14.95%，沙漠化土地得到有效治理，水土流失得到基本控制，生态环境和人民群众的生产生活条件从根本上得到改善。

（二）"三北"防护林体系建设工程的建设内容

按照国家"三北"防护林建设的总体规划，磴口县将工程建设内容进一步细化为防沙治沙、农田防护林、平原绿化（四旁绿化、盐碱地造林）、通道绿化、新农村建设等建设工程。在造林方式上，采取人工造林、封沙育林（草）、飞机播种造林；在树种配置上，遵循宜乔则乔、宜灌则灌、宜封则封的原则，实行乔、灌、草，带、网、片相结合；在造林体制上，逐步实现由集体造林为主转变为个体造林为主，多种所有制成分并存；在林权归属上，实行谁造谁有、合造共有，实现了造林、抚育管理、林权落实一步到位，不栽无主树。

（三）"三北防护林体系建设工程的建设成就

1. "三北"一期工程建设成就

从1978—1985年，磴口县委、县政府认真贯彻"以林为主、多种经营"的经济建设方针，号召全县各族人民积极开展"三北"防护林建设为中心的植树造林运动。8年间,全县造林统计面积167531.1亩,其中,国营52401.8亩、集体50687.8亩、个体64441.5亩。

据1985年工程完工后调查,一期工程造林成活和保存面积为91303.1亩,保存率54.5%。一期工程国家下达给磴口县的任务(以保存面积计算)6.1万亩,实际完成91303.2亩,完成任务的150%。按权属分,国营24444.6亩,集体20871亩,个体91303.2亩;按林种分,防护林67437.4亩,用材林5103.9亩,薪炭林9216.1亩,特用林81852.3亩。

乌兰布和沙漠披绿装

分阶段说明：

1978—1980年，造林统计面积45689.3亩，保存面积11105.4亩，保存率24.3%。

1981—1983年，造林统计面积58651亩，保存面积17006.9亩，保存率28.9%。

1984—1985年，造林统计面积63190.8亩，成活面积63190.8亩，成活和保存率为100%。

一期工程期间，封沙育林67206.6亩。按年度权属分，1981—1983年，集体封育43206.6亩，国营4000亩（属飞播造林，但没有

成活）；1984—1985年，集体封育2000亩。一期工程期间共采种5679.5斤，其中，集体1410斤，个体4269.5斤；共产苗13798293株，其中，国营310万株、集体480万株、个体5898293株。

一期工程结束后，经过推算，磴口县的森林覆盖率由1977年的0.9%提高到1.8%（有林面积不包括农管局、中国林科院磴口实验局和巴彦淖尔治沙站），提高了0.9%。草牧场防护林面积1000亩，保护草场面积1.7万亩；营造防风固沙林6785.3亩，控制风沙危害面积76000亩。1978年前，提供木材产量222立方米，产值26640元。到1985年，提供木材产量增加到500立方米，产值6万元。1978年前，提供薪材270961斤，产值2709元。到1985年，提供薪材增加到60万斤，产值6000元。1978年前，提供饲料133017斤，产值1330元。到1985年，提供饲料增加到30万斤，产值3000元。1978年前，提供林副产品13万元。到1985年，提供林副产品增加到14万元。

2. "三北"二期工程建设成就

磴口县"三北"防护林二期工程于1986年开始，至1995年结束，历时10年。建设范围包括全县以及中国林科院沙漠林业实验中心、巴彦淖尔盟治沙站、磴口县防沙林场等18个单位。二期工程建设期间，国家下达的工程任务为12万亩，统计上报面积27.9万亩，实有保存合格面积19.6万亩，保存合格面积率70.3%。其中，人工造林：计划任务12万亩，统计上报面积25.2万亩，实有保存合格面积

17.5万亩；封沙育林：没有计划任务，完成2.1万亩；零星植树：统计上报完成374万株，实有保存株数335万株。按权属分，国营3.9万亩，集体12.9万亩，个人2.8万亩；按林种分，防护林11.77万亩，用材林0.12万亩，经济林3.48万亩，薪炭林4.17万亩，特种用途林0.06万亩；按树种分，乔木林7.6万亩，灌木林12万亩；按重点工程分，包兰铁路防护林工程1.86万亩，黄河护岸林工程3.22万亩。工程完成后，活立木蓄积量达24万立方米，木材产量3万立方米，产值560万元；薪材产量58824万立方米，产值9411万元；鲜果产量3597万公斤，产值152万元；林粮间作收入287万公斤，产值345万元。

3. "三北"三期工程建设成就

"三北"三期工程磴口县计划任务为20万亩，其中，人工造林15万亩（防护林6.5万亩，1996—2000年每年完成1.3万亩；用材林2.1万亩，1996—2000年每年完成0.42万亩；经济林6.4万亩，1996—2000年每年完成1.28万亩），飞播造林5万亩，育苗设计任务为2445亩。

1996年春季，完成造林3.54万亩，占规划任务的17.7%；育苗完成1002亩，占设计任务的41%。

1997年，内蒙古自治区下达给磴口县的绿色通道工程造林任务为6000亩，巴彦淖尔盟林业局下达给磴口县的任务为6400亩，实际磴口县自查合格上报面积为6507亩。按树种分，乔木成活率在85%以上的为3678亩，灌木成活率在70%以上的为2829亩；按林种分，

防护林3363亩,经济林1709亩,薪炭林1435亩;按权属分,集体林3610亩,个体2897亩。

1998年,内蒙古自治区下达给磴口县绿色通道工程造林任务为4000亩,实际完成12435亩,完成任务的310.9%。按林种分,防护林6973亩,经济林5024亩,用材林438亩。按布局分,110国道磴口段绿化长度10.5公里,折合造林156亩;国道两侧5—10公里范围内涉及的粮台、渡口、坝楞、补隆、协成等5个乡共完成造林12279亩。

1999年,磴口县防沙治沙计划任务为3.5万亩,实际完成8.39万亩,完成计划任务的240%。其中,人工造林完成4.5万亩,治沙造田及改造低产田完成2.8万亩,种植药材和其他经济作物0.82万亩,开发治理水面0.27万亩。

4. "三北"四期工程建设成就

"三北"四期工程磴口县示范区造林总面积32020公顷。其中，人工造林27920公顷，飞播造林4100公顷。按造林年度划分，2001年，造林面积为6404公顷，其中，人工造林5584公顷，飞播造林820公顷；2002—2005年，造林总任务为25616公顷，其中，人工造林22336公顷，飞播造林3280公顷。

"三北"四期工程磴口县示范区种苗工程建设规模，扩建灌木

她在苁蓉花中笑

采种基地600公顷，改扩建标准化苗圃2个，面积为120公顷，示范区建设期内育苗面积达到1041公顷，其中，新育苗面积788公顷。

2001年，计划人工造林3万亩，实际完成3万亩；2002年，计划人工造林0.8万亩，实际完成0.8万亩；2006年，计划人工造林2万亩，封沙育林0.6万亩，实际完成人工造林2万亩，封沙育林0.6万亩；2007年，计划人工造林3万亩，封沙育林0.86万亩，实际完成人工造林3万亩，封沙育林0.86万亩；2008年，计划人工造林6万亩，实际完成人工造林6万亩；2009年，计划人工造林3.3万亩，实际完成人工造林3.3万亩；2010年，计划人工造林5.3万亩，封沙育林1万亩。由于任务于2010年10月下达，封沙育林工作全部完成。人工造林由于错过季节，经前期准备，于2011年春季完成任务。

自1997年实施绿色通道工程以来，巴彦淖尔市林业局共计下达给磴口县建设任务10400亩，到2001年为止，完成建设面积18942亩，占任务的182%。按林种分，防护林10336亩，经济林6733亩，用材林438亩，薪炭林1435亩。按布局分，110国道两侧及20米林带建设，除去有林段、常年积水段、房屋占地等无法施工外，其余18.5公里全部绿化，完成造林面积275亩；110国道两侧5—10公里范围，农田林网基本实现，宜林荒滩逐年绿化，共完成造林18667亩。

2002年，绿色通道工程全面完成，110国道每侧加宽2行和县道每侧加宽4—8行的造林任务，完成造林面积分别为450亩和2950

亩。

2007年，磴口县开始实施新农村、新牧区建设。到2010年，共完成新农村、新牧区建设集镇绿化4个、"生态家园"示范村6个和村庄绿化58个。其中，2007年，完成4个集镇、6个"生态家园"示范村和23个自然村的绿化建设任务，累计完成绿化长度68120米，绿化面积1055.5亩。2008年，完成25个自然村绿化建设，绿化总长度50810米。2009年，完成10个新农村绿化点的绿化工作。其中，完成5个示范引领村和5个自然村绿化工作。

六　启动天然林资源保护工程

（一）天然林资源保护工程的背景情况

1998年，全国发生大范围洪涝灾害后，针对长期以来我国天然林资源过度消耗而引起的生态环境恶化的现实，党中央、国务院从我国社会经济可持续发展的战略高度，作出了实施天然林资源保护工程的重大决策。这项工程旨在通过禁伐天然林和大幅减少商品木材产量，有计划分流安置林区职工等措施，主要解决我国天然林的休养生息和恢复发展问题。

工程实施范围包括长江上游、黄河上中游地区和东北、内蒙古等重点国有林区的17个省区市的734个县和163个森工局。长江流域以三峡库区为界的上游6个省区市，包括云南、四川、贵州、重庆、湖北、西藏。黄河流域以小浪底为界的7个省区市，包括陕西、甘肃、青海、宁夏、内蒙古、山西、河南。东北、内蒙古等重点国有林区5个省区，包括内蒙古、吉林、黑龙江（含大兴安岭）、海南、新疆。天保工程区有林地面积10.23亿亩，其中，天然林面积8.46亿亩，占全国天然林面积的53%。

微笑的向日葵

（二）工程实施的目标

1. 近期目标（到2000年）

以调减天然林木材产量、加强生态公益林建设与保护、妥善安置和分流富余人员等为主要实施内容。全面停止长江、黄河中上游地区划定的生态公益林的森林采伐；调减东北、内蒙古国有林区天然林资源的采伐量，严格控制木材消耗，杜绝超限额采伐。通过森林管护、造林和转产项目建设，安置因木材减产形成的富余人员，

将离退休人员全部纳入省级养老保险社会统筹，使现有天然林资源初步得到保护和恢复，缓解生态环境恶化趋势。

2．中期目标（到2010年）

以生态公益林建设与保护、建设转产项目、培育后备资源、提高木材供给能力、恢复和发展经济为主要实施内容。基本实现木材生产以采伐利用天然林为主向经营利用人工林方向的转变，人口、环境、资源之间的矛盾基本得到缓解。

3．远期目标（到2050年）

天然林资源得到根本恢复，基本实现木材生产以利用人工林为主，林区建立起比较完备的林业生态体系和合理的林业产业体系，充分发挥林业在国民经济和社会可持续发展中的重要作用。

（三）磴口县天然林保护工程建设内容

根据《黄河上中游地区内蒙古自治区磴口县天然林保护工程实施方案》，磴口县天然林保护工程的建设内容如下：

1．按照事权划分原则，进行森林分类区划

共区划生态保护区面积262253.3公顷，商品林经营区面积36726.7公顷。在生态保护区面积中，重点生态保护区面积79321.3公顷，一般生态保护区面积182932公顷。

开花期的苁蓉

2. 公益林建设

2000—2010年,公益林建设规模为完成飞机播种造林4.4万公顷,其中,一期工程到2005年完成2.4万公顷,二期工程到2010年完成2万公顷。

3. 天然林停伐与森林资源管护

全面停止天然林和禁伐区内5701.3公顷人工林的采伐,区内总管护面积38666.7公顷,其中,国有管护面积15466.7公顷,集体管护面积2.32万公顷,并按照每380公顷配备1名护林员的标准配备护

林员。

4. 富余人员分流与安置

工程区内(含中国林业科学研究院沙漠林业实验中心、巴彦淖尔盟治沙站)在方案制定年度共有林业职工723人,其中,在职人员619人,离退休职工104人。工程实施后造成富余人员386人,除去转为护林工和营林工外,需一次性安置富余人员64人。

5. 职工养老保险社会统筹

离退休人员和在职职工实行进入养老保险社会统筹。

6. 配套设施建设

包括种苗工程、森林防火、科技保障体系等。

（四）磴口县天然林资源保护建设成就

公益林建设工程进展情况。2001年，国家下达天然林保护工程任务以来，截至2010年底，磴口县累计完成天然林保护工程建设任务98.8万亩，其中，飞播造林64.5万亩，封沙育林34.3万亩。

磴口县天然林保护工程建设任务完成情况　　单位：万亩

年度	任务数			完成数			备注
	合计	飞播造林	封沙育林	合计	飞播造林	封沙育林	
2001	16	15	1	16	15	1	
2002	6	5	1	6	5	1	
2003	7	5	2	7	5	2	
2004	7.8	6	1.8	7.8	6	1.8	
2005	10	3	7	10	3	7	
2006	9	8	1	9	8	1	
2007	5.5	4.5	1	5.5	4.5	1	
2008	20	9	11	6		6	
2009	9	5	4	23	14	9	
2010	8.5	4	4.5	8.5	4	4.5	
合计	98.8	64.5	34.3	98.8	64.5	34.3	

七　深入开展全民义务植树活动

中国植树历史悠久，可以追溯到2000多年前，《礼记·月令·孟春之月》有言："某日立春，盛德在木。"清代诗人杨昌浚诗曰："新栽杨柳三千里，引得春风度玉关。"（《恭诵左公西行甘棠》）可见植树造林功德无量。数千年来，植树造林始终是中华

荒漠治理显成效

民族呵护自然、与自然和谐相处的优良传统。

从新中国成立初期开始,磴口人民在县委、县政府的领导下,为了战胜风沙、水患等自然灾害,就掀起过声势浩大的全民义务植树活动,经过10年的奋斗,营造了闻名全国的308华里防沙林带。同时,涌现出诸如隆盛合镇塔布村以及常大拉等一大批防沙治沙的先进集体和先进个人。

为全面加强义务植树工作,1997年2月23日,第五届全国人大常委会第六次会议决定,将每年的3月12日定为我国的植树节。1981年12月,第五届全国人民代表大会第四次会议审议通过《关于开展全民义务植树运动的决议》。

决议指出，凡是条件具备的地方，年满11岁的中华人民共和国公民，除老弱病残者外，因地制宜，每人每年义务植树3—5棵，或者完成相应劳动量的育苗、管护和其他绿化任务。

为了切实贯彻执行第五届全国人民代表大会第四次会议《关于开展全民义务植树运动的决议》，1982年2月27日，国务院常务会议通过了《关于开展全民义务植树运动的实施办法》。1984年9月20日，第六届全国人大常委会第七次会议通过修改的《中华人民共和国森林法》总则中规定："植树造林、保护森林，是公民应尽的义务"，从而把植树造林纳入法律范畴。1991年3月13日颁布的《内蒙古自治区全民义务植树实施细则》规定："自治区境内居住的公民，男十一岁至六十岁、女十一岁至五十五岁，每人每年义务植树三至五棵，或者完成相当劳动量的其他绿化活动。丧失劳动能力者除外。对十一岁至十七岁的青少年，应就近安排力所能及的义务植树劳动。"2009年11月27日，内蒙古自治区第十一届人大常委会第十一次会议通过《内蒙古自治区义务植树条例》规定："每年的四月十日至十六日为自治区义务植树周。"

为贯彻执行国家和自治区关于义务植树的相关规定，磴口县委、县政府成立了磴口县绿化委员会，统一领导、协调全县的义务植树运动和整个造林绿化工作。并在每年春季向全县人民发出《关于开展全民义务植树活动的通知》，通过报刊、广播、电视、网络、会议、宣传栏、宣传牌等大力宣传全民义务植树的相关政策和法规，做到电视上有影、广播里有声、报刊上有文字、街头地块有标语。同时，在"3·12""5·10""6·4""12·4"等节日，举办林业法律、法规宣传咨询活动，加强宣传，营造良好舆论氛围，并组织开展一年一度的"义务植树周"活动。

为使全县的义务植树真正见到实效，从1990年开始，按照全民义务植树"四化"（基地化、科学化、制度化、规范化）、"四落实"（组织落实、措施落实、地块落实、种苗落实）的要求，磴口县把义务植树划分为城镇与乡村两大阵地，城镇部分由县绿化委员会统一组织实施，农村部分由各苏木镇和办事处负责组织实施。在城镇，建立了以分管书记、分管县长分关口为单元的全民义务植树责任区，划片包点挂牌明示；在农村，以苏木乡镇为单位，建立义务植树基地，苏木乡镇人民政府负责组织所在地的农牧民参加义务植树。

在组织方式上，磴口县严格实行造林绿化责任制和领导办绿化点制度，全党动员、全民动手，全社会参与搞绿化，深入开展全民义务植树活动。实行城乡联动、产业带动、市场牵动，不断探索全民义务植树的有效机制。全县城乡每年组织2次义务植树大会战，每人每年人均完成1亩压沙整地造林任务，逐步把义务植树"四化"制度推向深入。同时,大力营造"党员林""民兵林""共青团林""卫士林""三八林""光彩事业林""统战林"等,形成全社会参与生态建设的良好氛围。苏木乡镇坚持主要领导包片、其他领导包点、一般干部包户的生态建设承包制。

荒漠治理有新人

在管理方式上,在全县范围内开展评比排队,公开通报,兑现奖惩。同时,实行了义务植树登记卡制度,以乡为单位,建档立案,进一步完善了各类图、表、卡、台账等档案资料,做到一乡一柜、一村一卷、一户一卡,及时准确掌握适龄人口履行植树义务的动态。全县全民义务植树实现了制度化、规范化管理,义务植树尽责率每年保持在85%以上。在造林措施上坚持"五不栽"原则,即没有规划设计不栽、没有灌溉条件不栽、种苗不合格不栽、没有提前整地不栽、没有管护措施不栽。

通过开展义务植树运动，全县建成青少年生态园9处，面积1万亩，建设"青年林""红领巾示范林"1.2万亩，命名了8个青少年生态教育基地。

截至2016年，全县共建立义务植树基地55处，面积6.4万亩。20年来，累计完成义务植树1948.2万株，人均每年植树14.2株，远远超出了国家规定的人均每年义务植树3—5株的任务，全民自愿自觉义务植树在磴口县蔚然成风。

八　创建国家湿地公园、自然保护区、沙漠公园

（一）纳林湖国家湿地公园

1. 基本情况

纳林湖国家湿地公园是内蒙古西部第二大淡水湖和重要湿地，位于乌兰布和沙漠东北部的磴口县纳林套海农场境内，距磴口县城40公里，距乌海市机场120公里，距巴彦淖尔市区95公里。

纳林湖大约形成于2000年前，是黄河故道加风蚀作用而形成的自然湖泊。旧时黄河在阴山脚下，由于地壳运动，大陆板块相撞，

落霞与孤鹜齐飞

使得阴山山脉不断抬高,黄河因此多次改道,2000多年的变化为今天纳林湖的形成创造了有利的条件。

纳林湖东靠黄河,西临阴山山脉,是乌兰布和沙漠腹地最大的集生态、科考于一体的具有较高旅游价值的淡水湖泊,是继乌梁素海之后又一个极具旅游开发价值的内蒙古西部第二大淡水湖和重要的湿地。湖泊呈不规则半月形,酷似一条腾飞的巨龙,总面积1500公顷,净水面积1.8万亩,东西长10.8公里,南北最宽处达2.6公里,平均水深3.5米,最深处可达8米。"纳林"在蒙古语中是阳光的意思，因此纳林湖又被称为"阳光之湖"。

纳林湖是主要的鸟类繁殖地和迁徙地。湖中有大小岛屿十余处，其中，面积最大的约150亩；8个游乐湾风光亮丽，景色迷人，百余种候鸟在这里生长繁殖。其中，国家一、二级保护鸟类有白天鹅、黑天鹅、灰鹤、白鹭、灰鹭、鸿雁、雉鸡、野鸭等数十种。黄河鲤鱼、草鱼、鲫鱼、鲢鱼、鲇鱼、武昌鱼及河蟹、河虾等20多种水产品和农副产品被农业部列为"绿色无公害产品"，在周边地区享有盛名。湖里生长有茂密的芦苇，年产量可达2000吨。

2. 申报建立国家湿地公园

为了保护好纳林湖这一自然湿地资源,全面规范地对纳林湖湿地进行科学保护和合理利用,传承湿地文化和河套文化,2011年6月,巴彦淖尔市农垦管理局协同相关部门通过积极筹备,逐级呈报了《关于申请建立纳林湖国家湿地公园的请示》(巴农垦发〔2011〕70号)、巴彦淖尔市林业局《关于申请建立纳林湖国家湿地公园的请示》(巴林发〔2011〕93号)。在上报的同时,巴彦淖尔市林业局、巴彦淖尔市人民政府办公厅分别印发了《关于同意

水上芭蕾

建立纳林湖国家湿地公园的批复》（巴林字〔2011〕101号）、《关于同意建立纳林湖国家湿地公园的批复》（巴政办字〔2011〕91号），并于同年10月编制完成了《内蒙古纳林湖国家湿地公园总体规划（2011—2016年）》，根据《内蒙古纳林湖国家湿地公园总体规划（2011—2016年）》评审意见，对《内蒙古纳林湖国家湿地公园总体规划（2011—2016年）》进行了相应的修改。修改后，巴彦淖尔市林业局以文件形式向内蒙古自治区林业厅、内蒙古自治区湿地保护中心分别呈报了《内蒙古纳林湖国家湿地公园总体规划修改情况的报告》（巴林发〔2011〕161号）。之后，内蒙古自治区湿地保护中心和内蒙古自治区林业厅分别向国家相关部门呈报了《关于呈报内蒙古纳林湖国家湿地公园总体规划的报告》（内湿保发〔2011〕6号）、《关于建立内蒙古纳林湖国家湿地公园的请示》（内林办发〔2011〕226号）。国家林业局于2012年12月发布了《关于同意河北尚义察汗淖尔等85处湿地开展国家湿地公园试点工作的通知》（国林湿〔2012〕341号），批准纳林湖国家湿地公园开展试点建设工作。

3. 国家湿地公园通过国家验收

为有效开展纳林湖国家湿地公园的各项建设工作，2014年，经巴彦淖尔市编制委员会批准，成立了磴口县纳林湖国家湿地公园管理局，专门负责组织、协调、推进湿地公园建设工作，同时要求县直发改、财政、国土、林业、环保、水利、气象、旅游、安监、公安等相关部门积极配合做好相关工作，为纳林湖国家湿地公园的顺利建设提供了组织保障。

2015年，国家首批300万元湿地保护补助资金到位，为纳林湖湿地公园的建设提供了资金保障。按照资金投资方向，当年完成修建2公里巡护道路、修建1.3公里生态补水渠、维修口闸1座、修建围封围栏6.77公里、设立各种标示牌105块、设立界碑4块、设立界桩100个等基础设施建设工作，同时制作声像资料30套、印刷宣传手册600册。2016年7月29日，国家林业局湿地保护中心派出专家组对工程进行验收。根据验收专家组提出的纳林湖国家湿地公园宣教中心设备简单、公园旅游色彩浓厚，不符合国家林业局湿地保护中心的验收要求等问题，磴口县纳林湖国家湿地公园管理局迅速行动，根据《内蒙古纳林湖国家湿地公园总体规划》，结合验收专家组提出的要求，及时制定了《磴口县纳林湖国家湿地公园湿地科普宣教展厅设计方案》，聘请有设计资质的设计机构编制《磴口县纳林湖国家湿地公园湿地科普宣教展厅布展方案》，并进行施工。2016年10月16日，顺利通过了国家林业局湿地保护中心专家组对纳林湖国家湿地公园基础建设工程进行的复验。

（二）奈伦湖国家湿地公园

1. 基本情况

奈伦湖国家湿地公园于2015年12月由国家林业局批准建设，位于磴口县城西南奈伦湖西湖区范围内，乌兰布和沙漠东部边缘。

奈伦湖国家湿地公园总规划面积1814.5公顷，其中，湿地面积1466.85公顷，湿地率为80.8%。公园内植物数量共有42科107属168种，其中，珍稀濒危保护植物3种；鸟类共有16目38科153种。奈伦湖国家湿地公园是国家一、二级保护动物黑鹳、天鹅、大鸨等理想的繁殖、栖息地。同时，该湿地公园内天鹅、白琵鹭和遗鸥数量逐年增长。

奈伦湖国家湿地公园是黄河上游水生态安全保护的示范区,是阻挡乌兰布和沙漠东移的生态屏障,是黄河上中游凌汛期泄洪的安全屏障,是磴口县农业生产灌溉、生态补水的重要通道,是鸟类迁徙在我国西北地区的重要驿站,是沿黄河湿地保护网络重要组成部分,更是黄河文化与河套文化的宣扬展示平台。它对于阻挡流沙东侵、调节气候、保护生物多样性、改善生态环境、巩固绿洲,发展内蒙古西部经济具有重要意义。

2. 建设情况

奈伦湖国家湿地公园于2019年申请了中央财政湿地保护补助资金建设项目。主要建设内容：维修鸟类监测木栈道300米，建设超广角鸟类监测系统1套，观鸟平台监测塔，标志性建筑物1座，户外宣传牌2座，设置指示、宣传、科普、警示牌150块及印发宣传材料，建设环保卫生间1座，维修巡护路口大门及巡护道路等。项目总投资300万元，资金全部来源于2019年中央财政湿地保护补助资金。该项目于2021年12月经建设单位验收，并于2022年5月将项目

资金全部支付。

3. 保护情况

湿地公园服务中心依据项目资金，聘用专职巡护员，对奈伦湖国家湿地公园开展日常巡护，并做了详细的巡护记录，在巡护过程中对发现的非法捕捞、游泳、割草以及在公园周边地区开采地下水，倾倒工业废渣、土、石、垃圾和其他固体废弃物等非法行为及时劝止，并对其宣传相关的法律法规知识及保护湿地的重要性。

自2022年6月1日《中华人民共和国湿地保护法》实施以来，磴口县湿地公园服务中心多次组织相关工作人员进行宣传，共发放宣传材料5000余份，宣传画册3000份。通过宣传，使广大人民群众充分认识湿地、了解湿地,进一步了解保护湿地及其野生动植物、保护自然生态环境的重要性,了解人类生存与自然环境之间的关系,提高人们爱护环境、保护自然的自觉意识。并向县政府申请,积极申报盟市重要湿地和一般重要湿地,加大湿地资源的保护力度,本着对社会负责、对子孙后代负责的原则,促进磴口县湿地资源的可持续发展。

(三)哈腾套海国家级自然保护区

1. 基本情况

哈腾套海国家级自然保护区于1999年根据县政府下发的《关于划定哈腾套海自然保护区界线的决定》(磴政字〔1999〕137号),确定了保护区界线。2000年,内蒙古自治区人民政府办公厅下发《内蒙古自治区人民政府办公厅关于发布新建自治区级自然保护区名单的通知》(内政办发〔2000〕95号),将哈腾套海自然保护区确定为自治区级自然保护区。2005年7月,经国务院批准,晋升为国家级自然保护区(国办发〔2005〕40号)。同时,国家环境保护总局下发《关于发布河北柳江盆地地质遗迹等17处新建国家级自然保护区面积、范围及功能分区等有关事项的通知》(环函〔2005〕314号)文件,确定了自然保护区的面积、范围及功能分区。

哈腾套海保护区位于内蒙古自治区巴彦淖尔市磴口县西北

部的乌兰布和沙漠东缘，距磴口县城60余公里。地理位置为东经106°9′—106°50′，北纬40°30′—40°57′。南北宽约42公里，东西长约53公里。海拔高度为1030—2046米，总面积12.36万公顷。保护区划为核心区、缓冲区、实验区，其面积分别为51610公顷、32180公顷、39810公顷，分别占保护区总面积的41.76%、26.03%、32.21%。保护区属于荒漠生态系统类型，由山地、沙漠、平原湿地等地貌类型组成。

2. 动植物分布情况

根据最新总规编制内容，保护区内有国家一级保护植物1种，发菜；国家二级重点保护野生植物7种，包括绵刺、沙芦草、沙冬青、蒙古扁桃、甘草、锁阳、肉苁蓉，总面积1.55万公顷。其中，沙冬青、绵刺、肉苁蓉面积约1.02万公顷。保护区内国家一级重点保护动物有荒漠猫、大鸨、波斑鸨、黑鹳、秃鹫、草原雕、金雕；国家二级重点保护动物有北山羊、盘羊、岩羊、鹅喉羚、赤狐、大天鹅、疣鼻天鹅、蓑羽鹤、灰鹤、红隼、鸢、大鵟、雕鸮、纵纹腹小鸮。

3. 保护区范围

保护区内有1个苏木、1个镇、5个国营农场（包括太阳庙农场），其中，沙金套海苏木涉及8个嘎查（巴音乌拉、那仁宝力格、包勒浩特、巴音布日格、巴音温都尔、温都尔毛道、巴音宝

石鸡

力格、巴音毛道）；隆盛合镇涉及1个村（海岗村）；巴彦套海农场涉及2个分场（七分场、九分场）；纳林套海农场涉及3个分场（六分场、七分场、十一分场）；包尔盖农场涉及1个分场（四分场）；哈腾套海农场涉及1个分场（六分场）；太阳庙农场涉及4个分场（五分场、七分场、八分场、九分场）。

　　保护区内总户数2596户，总人口6307人。其中，核心区总户数1806户，总人口3950人；缓冲区总户数315户，总人口940人；实验区总户数475户，总人口1417人。

赤狐

4. 保护区调整情况

2017—2020年调整过程。县政府针对农牧民聚集区开展保护区范围及功能区调整工作，于2017年4月19日召开县长办公会议，研究决定启动功能区调整工作，并下发了〔2017〕39号文件决定事项，要求各部门按照各自职能开展好此项工作。2017年9月22日，县政府委托内蒙古自治区林业勘测规划院编制新的《调整综合论证报告》等材料。2018年8月23日，申报调整材料编制完成。2019年1月28日，县政府将《内蒙古哈腾套海国家级自然保护范围及功能区调整方案的请示》上报至巴彦淖尔市林草局。

根据2020年3月由自然资源部、国家林业和草原局下发《关于做好自然保护区范围及功能区优化调整前期有关工作的函》（自然资函〔2020〕71号）文件中的"从实际出发，着力解决好自然保护区内存在的现实矛盾冲突和历史遗留问题"，巴彦淖尔市林草局组织开展了自然保护地整合优化工作。整合优化后，保护区由3个区变为2个区，即原来的核心区、缓冲区、实验区整合为核心保护区和一般控制区。保护区面积为87765.89公顷，其中，核心保护区面积55392.72公顷，一般控制区面积32373.17公顷。

调出情况。调出面积35979.71公顷，调出人口约4600人。调出的乡镇农场有隆盛合镇、巴彦套海农场、哈腾套海农场、包尔盖农场、纳林套海农场、太阳庙农场。

2023年功能区调整情况。2023年3月14日，内蒙古自治区林草局、自然资源厅、生态环境厅联合印发《关于核实完善自然保护地整合优化成果的函》。按照市政府批示要求，3月17日，磴口县防沙治沙局、自然保护局对哈腾套海保护区调出图斑进行实地核实。3月18日，向自治区林业规划设计院上传最新数据，并补充完善相关佐证资料和评估论证。3月26日，内蒙古自治区自然保护地优化调整专班对《全区自然保护地整合优化方案》进行评审，经自治区人民政府审定后上报国家林草局。5月23日，在原有哈腾套海自然保护区整合优化方案的基础上，进一步将核心区矛盾比较突出的3622.84公顷区域调整为一般控制区，县政府对调出部分进行论证并公示。

5. 保护区整合优化后情况

保护区面积。功能区调整后，保护区总面积87765.89公顷，其中，核心保护区面积51769.88公顷，一般控制区面积35996.01公顷。

保护区内村庄和人口。保护区整合优化后只保留沙金套海苏木，其中，有那仁宝力格嘎查、巴音乌拉嘎查、巴音布日格嘎查和巴音毛道嘎查4个嘎查。整合优化后，保护区人口约1700人。

（四）沙金套海国家沙漠公园

沙金套海国家沙漠公园由内蒙古游牧一族生物科技有限公司投资建设。2015年1月5日，被国家林草局正式批准为国家沙漠公园建设试点单位。

沙金套海国家沙漠公园经国务院批复范围为353.04公顷，勘界面积345.64公顷。沙漠公园总体规划了沙区保育区、宣教展示区、沙漠体验区和服务管理区4个功能区，将沙漠公园建设成以苁蓉文化为主题，以科普教育为灵魂，以生态产业为重点，通过沙漠景观与人文景观有机结合，将民族文化与生态文化相结合，有效保护和

沙金套海国家沙漠公园

恢复沙漠林草植被和生物多样性，改善沙区环境，努力打造梭梭、苁蓉文化品牌，发展生态产业，增加当地农牧民收入，促进沙区生态、经济和社会可持续发展。

沙金套海国家沙漠公园建设期为17年，即2015—2031年，总投资3.25亿元，其中，申请中央财政资金0.65亿元，申请地方财政资金1.2亿元，企业自筹及招商引资1.4亿元。沙漠公园建成后拥有大面积林木，将形成植被茂盛、空气优良、环境优美的场所，在有效抑制风沙活动，缓解周边环境污染，提高空气质量等方面产生显著的生态效益；在提高周边农牧民生活品质，增加就业机会，促进地方经济发展等方面具有显著的社会效益；在促进区域经济结构调整和经济社会持续健康发展等方面具有显著的经济效益。

截至2023年底，完成沙漠公园的可行性研究和总体规划等前期准备工作；投资1231万元（全部企业自筹），已完成通往公园4.5公里水泥路的建设任务；完成147.1公顷沙地保育区梭梭、肉苁蓉栽培任务；完成147.1公顷沙地保育区梭梭林复水、生物防治等抚育任务；完成神舟八号瞭望塔建设任务；完成5公里锁边防护林带建设任务；完成生态景观林200亩；完成800平方米停车场建设任务；完成服务管理区部分基础工程建筑面积1270平方米，其中，蒙古包580平方米，沙漠公寓620平方米，生态水厕70平方米。

第四章

人民群众是防沙治沙的主体和动力

一 人民群众是防沙治沙的主体

在巴彦淖尔市磴口县,人民群众是防沙治沙的主体,他们用智慧和勤劳,在乌兰布和大沙漠里,书写了一个又一个生态建设的奇迹。

中国防沙治沙"磴口模式"之所以能够取得成功,关键在于充分发挥了人民群众的主体作用。在防沙治沙过程中,磴口县委、县政府鼓励和引导人民群众参与防沙治沙工作,通过政策扶持、技术培训和资金倾斜,提高他们防沙治沙、植树造林的本领。群众作为防沙治沙、植树造林的主体和个人，积极响应县委、县政府号召，投身植树造林、治理沙漠的行动中来。他们用汗水和智慧，不仅改善了生态环境，也增加了收入。

除了政策支持外，中国防沙治沙"磴口模式"还注重激发人民群众的内生动力。政府通过设立生态补偿机制，让农牧民从沙漠治理中获得实实在在的收益。同时，加强生态旅游开发，吸引游客前来观光旅游，为当地经济带来新的增长点。这些措施不仅提高了沙区群众防沙治沙的积极性，也让他们看到了防沙治沙的希望和前景。

北疆楷模"磴口模式"治沙群体发布会

在中国防沙治沙"磴口模式"中,人民群众不仅是防沙治沙的主体,也是创新的源泉。他们根据当地的实际情况,不断探索和创新治理方法。例如,在植树造林方面,他们采用了多种树种混交的方式,提高了树木的成活率和抗逆性。在水利设施建设方面,他们运用现代科技手段,实现了精准灌溉和节水。这些创新举措不仅提高了治理效率和质量,也为中国防沙治沙"磴口模式"的进一步完善和可持续发展注入了新的动能。

中国防沙治沙"磴口模式"这一以人民为中心的防沙治沙模式,不仅具有可持续性,也具有广泛的适用性。在中国特色社会主义新时代,我们要大力推广和完善中国防沙治沙"磴口模式",为世界范围内的全球生态治理提供磴口经验和智慧。

二 大漠矗丰碑,绿色慰忠魂:乌兰布和防沙治沙奠基人杨力生

1997年4月5日,磴口县旧地村西沙窝,在庄重肃穆的氛围里,磴口县委、县政府为第一任县委书记杨力生树起丰碑,深切缅怀这位为治理乌兰布和沙漠奉献大半生心力的治沙功臣。

大漠丰碑——杨力生雕像

2022年，因高铁施工，磴口县委、县政府将杨力生墓移位新落成的陵园，使之具备独特的人文景观和爱国主义教育基地功能。

如今，碑文"朴实为民，风范长存"8个大字依旧熠熠生辉，闪耀着一个共产党人勇于担当、治沙造林，造福百姓、功勋不朽的辉煌。

20世纪50年代初，磴口人民为生存而战，掀起"两沿两营造"防沙治沙攻坚战。这一"战役"的领军人物就是磴口第一任县委书记杨力生。

杨力生是磴口县有组织有计划封沙育林第一人，是"三北"防护林磴口县乃至巴彦淖尔盟段的奠基人。他带领磴口人营造起308华里的防沙林带，为林草覆盖度从解放前的0.04%提高到2021年的37%，奠定了坚实的基础。

磴口县地处河套源头、乌兰布和沙漠腹地。这里曾经沙生植物茂盛，平畴沃野，绿荫环绕，呈现一派"天苍苍，野茫茫，风吹草低见牛羊"和"棒打野鸡瓢舀鱼"的自然景观。

然而在20世纪早期，由于人类过度活动，沙漠退化严重。冯玉祥在《我的生活》一书中对磴口如是描述："沿途所过的地方都是黄色的沙土，无论是山坡或是平地，看不见一块树木，看不见一块青色的草地，实在贫苦得很。"

特别是20世纪六七十年代，生活所迫导致人们踏遍乌兰布和沙梁沟壑，掘地掏挖锁阳、肉苁蓉、甘草，捋沙蒿以解决温饱，导致乌兰布和沙漠从西北、西南向东呈包抄之势，沙丘高耸如公牛高昂的鼻子，态势疯狂、肆虐无常，伴随飞沙走石侵蚀东缘良田。

近100年来，在磴口县沙进人退、人进沙退的争斗中，从来不缺植绿治沙的人，然而以绵薄之力终究难以改变沙进人退的状况，沙丘侵吞树木，农户司空见惯。几十年间，常常演变出天昏地暗弥漫磴口的暴戾天象，极为形象地派生出"三天不刮风，不叫三盛公"的谚语。

就在生态环境如此恶劣的情况下，新中国磴口县第一届县委、县政府成立，杨力生从此担当起带领全县人民治沙造林、改变恶劣自然环境这一惊天地、泣鬼神的伟大壮举。

杨力生，1916年生，18岁时参加革命，有地下工作的机敏，也有打游击战的骁勇。1949年10月14日，年仅33岁的杨力生被宁夏省委任命为磴口县第一任县委书记，从此与磴口结下了不解之缘。

杨力生到任后，积极团结磴口县各族各界人士，广泛联系群众，注意培养和吸收当地先进青年参加革命工作，深入发动群众开展民主建设、剿匪反霸、减租减息，顺利完成了磴口新旧政权的交替。

面对磴口县三面环沙、一面临河的恶劣自然环境以及人民群众生活极度困难的现状，杨力生把发展农牧业生产、改善人民群众生活作为县委的头等大事。

解放初期，磴口的沙害程度严重，"大风起兮，沙尘蔽日，吞天揭瓦，凶猛如兽……"追溯既往，"千年以来，沙进人退，汉代垦区被沙吞噬，只留汉墓，荒无人烟。"曾经的古地名包尔套勒盖、陶升井、冬青梁子、土城子（鬼城子）如今是磴口无人区。全县被流沙压埋搬家的村庄有14处，400余户沿沙边种植的作物经常被连根吹走，亩产不到百斤。黄河无堤，封河开河时有泛滥，严重威胁人民群众生命财产安全。人类生存环境受到如此挑战，防风治沙，刻不容缓，杨力生夜不能寐。

1949年11月2日，杨力生从到任县委书记开始，经过实地考察，于11月20日召开佃农座谈会，了解了风沙危害情况，发现滥砍沙边柴草致使流沙危害农田以及无柴烧是当前群众生活中的严重问题。

1950年1月16日，杨力生下乡调研时发现四坝乡"1000余户农民燃料取自沙漠植被""黄沙被风卷起像河水一样流进农田"的现象，于是他向宁夏省委写建议报告，力争尽快解决问题，改变现状。

1950年1月30日，杨力生主持召开磴口县首届各界代表会议，研

乌兰布和防沙治沙奠基人——中共磴口县委第一任书记杨力生

究提出"发动群众，植树造林，封沙育草"任务。

1950年10月30日，在调查研究的基础上，杨力生在磴口县三级干部会议上首次提出"沿沙设防，植树造林，营造防沙林带，保护沙区草木；沿河筑堤，沿堤栽树，营造黄河护岸林带"的建设工程。从此，拉开了一场全民动员，与风沙灾害做斗争的治沙造林生产运动的序幕。这项决策在磴口县产生了巨大的历史影响，为今天磴口防沙造林和黄河治理擘画了宏伟的蓝图。

杨力生（右一）

1950年12月21日，杨力生在全县科技干部鉴定会议上强调"谁要忽视治沙造林工作，谁就会在政治上犯错误，谁就有罪于子孙后辈"的警示之言。

在建设过程中，杨力生身先士卒，身体力行，率领县委一班人与全县各族人民，艰苦奋斗，从1950年开始进行防沙林带、封沙育草和修筑防洪堤、营造黄河护林带的建设。

到20世纪50年代末，经过全县人民的共同努力，终于营造起一条长308华里的防风固沙林带和20多公里长的黄河防洪堤，基本上治理了流沙和水患，改善了农业生产条件。鉴于磴口县在治沙造林方面取得的成绩，国家林业部于1952年和1958年先后授予磴口县造林绿化先进县和治沙造林模范县的光荣称号。

1959年，内蒙古电影制片厂和中央新闻纪录电影制片厂联合摄制电影纪录片《战黄龙》，热情歌颂了磴口县人民在党的领导下战胜沙漠、改造自然的伟大成就。

1956年4月，甘肃省蒙古自治州划归内蒙古自治区，改称巴彦淖尔盟，杨力生任盟委副书记、副盟长。

1953—1975年，杨力生先后任宁夏省蒙古自治州工委副书记兼政府副主席，甘肃省蒙古自治州委副书记兼副州长，内蒙古自治区巴彦淖尔盟委副书记兼副盟长、盟委书记等职。

杨力生在调离巴彦淖尔盟之后，无论身在何处，总是怀着改变西北地区荒漠面貌的强烈愿望，将治沙造林作为自己的未竟事业去努力实现。

杨力生十分关心磴口的治沙造林事业。1958年9月28日，他在《巴彦淖尔报》上发表题为《巴彦淖尔盟的沙漠改造》的文章，根据磴口县各族人民治理沙漠的成功经验和自己的亲身实践，提出了很多有见地的观点，对当时巴彦淖尔盟的沙漠改造、植树造林有普遍的指导意义。例如，他根据群众与风沙斗争的经验，总结出沙漠的"两喜三怕"，即喜干旱、喜大风，怕林、怕水、怕草。

1976年后，杨力生先后任乌海市委书记、阿拉善盟委书记兼军分区政委、内蒙古自治区顾问委员会委员等职。在这期间，杨力生虽担负繁重的党政领导工作，但仍然拨冗深入研究治沙造林，研读防沙治沙、植树造林等方面的成果和论文。

离休后，杨力生致力于传播钱学森沙产业理论，在1980年中国九省区沙漠会议上，被推选为中国沙漠学会副理事长。1993年，杨力生出版《风雨春秋——杨力生回忆录》，1997年出版《向沙漠进军——杨力生治沙论文专辑》。

1996年1月23日，磴口治理乌兰布和沙漠的先驱者和奠基人杨力生因病去世，享年80岁，走完了他追求真理、不懈奋斗的一生。

在杨力生身先士卒、锲而不舍治理沙漠的感召下，磴口人民投入沿乌兰布和东缘308华里防风固沙林带的建设中，倾力打造沿黄河堤岸50华里的护岸护堤林，有效地阻止流沙东侵、河水西溢等自然灾害发生，奠定了磴口人英勇无畏抗击风沙的里程碑。

磴口各族人民传承、弘扬杨力生治理沙漠、建设家园的理念，昔日连绵起伏的乌兰布和沙丘治沙植绿已步入沙产业资源高品位利用、名品牌运作的快车道。全县以承包、租赁、合作等方式流转沙地173万亩，并种植梭梭、肉苁蓉、葡萄、枣树等覆盖流动半流动沙地，以高科技、大投入促成滴灌、微喷、管道灌溉，保证沙产业产能效能双赢。

现在，磴口县湿地总面积达60多万亩。其中，水域面积19.56万亩，百亩大的自然湖泊146个，千亩以上自然湖泊65个，万亩以上自然湖泊3个。靓丽竞秀、群星荟萃，这里成为西北地区自然风光丰盈、人文景观富足的旅游大县。

杨力生（前排右一）与家人

"前人栽树，后人乘凉。"如今的磴口县山清水秀，游人络绎不绝，山川湖河、沃野良田，无一不铭刻着杨力生治沙造林的印记。

杨力生坚持治沙造林30年，为营造绿色长城作出了卓越贡献。他特别注重总结从群众中得来的治沙造林经验。在他的指导下，河套地区许多旗县、苏木，普遍形成人人关心治沙、个个动手治沙的局面，治沙造林成为群众性的工作。

杨力生特别注重防沙治沙、封沙育林（草）等治沙理论的学

杨力生（前排左三）

习和研究，他把治沙造林当作一项事业来抓，终生心系治沙大业。他在20世纪60年代从河套地区总结的"以水治沙，依沙造林（种草）""以林养牧，依牧护林""发展果树，改善生活"等造林经验，至今仍有借鉴意义。

杨力生善于调动群众的积极性，磴口县的治沙劳模大多数是他发现的。杨力生在指导治沙工作中，口不离宣传、心不离群众、身不离实践，走过千家万户，踏遍荒漠田野，大胆提出面向沙漠、面向黄河的沿河设带（林带）、沿河筑坝两项工程设想，得到了上级党委的支持和人民群众的拥护。一个解放前人穷地少、民不聊生的小县，在解放初期就启动这两项大工程，可以说是前所未有的创举。

时至今日，杨力生和磴口县委当时在造林治沙事业上采取的一些行之有效的措施和取得的经验，仍具有现实意义。不少干部群众、林业治沙劳模和科技人员称赞杨力生是党的好干部、好领导，是由外行变为内行的专家、实干家。老百姓说沙漠害怕杨力生，杨力生走到哪儿，沙漠就退到哪儿。特别是308华里的锁边林带、104华里的黄河护岸林带建设，是杨力生身体力行，带领全县人民为黄河母亲系上的绿色腰带。

1958年春，林业部授予磴口县全国治沙造林模范县光荣称号。为此，群众编了歌谣唱道："东临黄河西靠沙，育草治沙好办法；苦战九年黄龙伏，绿树丛中有人家。"

如今，在杨力生的鼓舞下，磴口县乃至河套地区沙产业覆盖全域，治沙也能致富，沙害趋向沙利，生态效益、经济效益和社会效益齐头并进。

三　乌兰布和防沙治沙群英

1958年春，磴口县人民在县委、县政府的领导下，掀起了一个比1956年规模更大的植树造林运动。全县组织了一个造林战斗团，由时任县委第一书记卜云岫任政治委员、县长李辅臣任团长，率领3个人民公社的3个战斗营和2个直属连，近万名植树大军，开赴沙漠和黄河岸，安营扎寨，展开大规模突击造林，向沙漠发动了猛烈的攻势。

植树大军住在沙窝、吃在沙窝、战在沙窝。正像当时全国流行的豪言壮语一样："老年赛黄忠，壮年赛赵云，青年赛罗成，妇女赛穆桂英。"特别值得一提的是，广大妇女和青少年除在造林期间植树外，还义务营造"社会主义妇女林""共青团林""红领巾林"。多造林、造好林，争当模范先进的良好风气在群众中形成。

三盛公青年妇女王德新一天造林7.5亩，群众编快板表扬她："王德新真能干，干劲赛过男子汉，从早到晚忘吃饭，一天造林七亩半，临黑又到杨三店（地名），一直干到十点半，任务完成才吃饭，人人夸她是模范。"

曙光人民公社双膝残废的社员郭三元，人称"四爬子""爬爬"，每天戴着"护林员"袖章，骑着毛驴在林地里巡视检查，有时还爬行在沙滩上，追逐危害林木的牲畜。

金堂庙青年突击队在初春寒风刺骨的日子里，打开三寸多厚的冻土层，赤脚下水，铲掉稀泥，把树栽上。

河壕大队马路小队的青年妇女生产队队长马俊兰，带领25名女社员露宿沙漠腹地，苦战五昼夜造林260多亩。三盛公镇583名男女青年，在共青团员的带动下，在冰水中坚持造林11天，完成了3531.8亩的造林任务。甚至有的青年为了防止未栽上的树苗被风吹干，不顾寒冷，脱下棉衣将树苗的根部包住。

这年春秋两季完成造林101023亩，等于前7年造林面积总和的1.8倍。仅春季就一举完成造林37610亩，等于解放以来造林面积总和的70%。在秋季造林前，全部做到整地、浇水。植树时要求保栽保活质量并重，成活率达到90%，并将春季造林成活率不到90%的林地全部补齐，连接以前营造的308华里防沙林带，绿化铁路两侧，在已建成的公路两侧进行绿化。另外，还完成全县集镇、居民点、机关、学校、工厂和人民公社的四旁绿化。

在1958年的植树造林会战中，磴口县群众总结出"春季造林要早，秋季要晚；春季多植树，秋季多插条"的宝贵经验。根据不同土壤培育树种，得出"低洼滩地插杨柳，黄土地上种榆树，沙荒微碱种沙枣，盐碱地里插红柳"经验。利用盐碱地，得出"盐碱地夏季犁，伏水泡，春季造林成活高，挖大坑、栽当中，分层踏实根摆顺"的经验。群众还总结出扎风墙的经验，即"速战速决打风墙，播种草籽紧跟上。先草后木拖拉挡，强迫黄龙穿绿装"。

在这场战天斗地，改造自然，制服"黄龙"的伟大斗争中，涌现出了以常大拉、武成功、康永祯、佟秀贞、王曰虎、靳振国、杨大汉等为代表的一大批模范人物和积极分子，为磴口县解放初期的治沙造林、封沙育草工作作出了突出贡献。

现在，虽然有的治沙英模离开了我们，但他们的精神永远激励着人们为防沙治沙贡献力量。

（一）常大拉：治沙造林报党恩

常大拉，陕西省府谷县人，1886年出生在一个贫苦的农民家庭，有两个姐姐和一兄一弟。1947年，常大拉从准格尔旗搬至磴口县补隆淖。

1951年，磴口县政府号召全县人民积极行动起来，开展植树造林运动，沿乌兰布和沙漠边缘营造防护林带。常大拉率先响应政府号召，积极投入这一工作，被群众选为河壕行政村造林社主任。

1952年土改时，常大拉又分得土地19亩、马1匹、房屋2间。1955年，已是共产党员的大儿子常巨才从部队转业回家，父子团聚，给常大拉增添了不少生活乐趣。特别是常巨才遍访临河、五原，把离家多年的母亲找了回来，更使常大拉干劲十足。他逢人便说："旧社会逼得我家破人亡、妻离子散，新社会帮助我兴家立业、全家团圆！"从此，常大拉把全部精力投入治沙造林事业中。

防沙造林之初，群众顾虑较多，有的怕树长大了影响庄稼，有的说"沙是黄龙，越治越穷"，有的怕活不了、管不了，说沙边栽树是瞎折腾、胡作害等。可是常大拉看见当时的四区一、二乡黄沙埋压渠道，流沙毁坏庄稼，经常"春天一场风，刮得茅庵无踪影"和沙逼人退的惨景，认定治沙造林是一件大好事。

于是，常大拉根据所学经验，发动群众在幼林地西面流动沙丘上用各种杂草打风墙，设人工沙障520多亩，并锄尽了林地杂草，及时浇水，使50多米宽的防风固沙林带到1953年长到3米多高。同时，在林带外面形成5里封沙育草区，沙蒿、白茨、枳芨草覆盖了大部分沙丘间平地，使流沙固定或半固定，沙边地的单产由1951年的90公斤提高到135公斤。至1956年，补隆淖全乡的粮食每亩单产已达到160公斤。

常大拉为人忠厚老实、俭朴勤劳。他的两个儿子被国民党抓走后，先后获解放，都参加了中国人民解放军，之后又被编入中国人民志愿军抗美援朝，保家卫国。常大拉经常请人给他们写信谈身世、讲形势，鼓励儿子安心服役，勇敢杀敌。他的三儿子于1951年在朝鲜战场上牺牲，但常大拉没有就此消沉，他化悲痛为力量，更积极地投入造林护林工作。

1954年，常大拉在全县军烈属代表会上被评为一等劳动模范，政府奖励他一头耕牛。1955年，他出席全县农林牧业劳动模范会议。1956年，他出席甘肃省林业劳模大会，政府授予他奖章、奖状，还奖励他铁锹、锄头、树铲等生产工具。1957年，常大拉又出席全国烈军属模范代表会，获得奖章一枚、奖状一幅及其他物品，并受到党和国家领导人的接见。

1954年，常大拉在艾家湾、莫家圐圙、河拐子等三地，在康永祯、靳振国等人协助下培育出沙枣苗1.7亩、榆树2.5亩，解决了当地造林缺少苗木的困难。同年7月，他趁雨季在河拐子西面沙地上2次直播沙蒿70亩，入秋，沙蒿幼苗长到1尺多，为流沙地直播沙蒿提供了经验。虽然常大拉年事已高，但仍坚持每年春秋两季造林，参与整地、栽植。炎热的夏天，他仍到林地锄草、浇水。秋末，为了防止牲畜啃伤林木，他天天到各段林带检查，早出晚归，风雨无阻。发现牲畜，他便把其赶回交给畜主，并耐心解释，如要再犯就报告乡政府处理。有一年为了处理破坏林木事件，常大拉到县里找县长，引起县长的高度重视，及时派人查处，并采取措施，组织群众护林，并发布了护林布告。

1956年8月12日，70岁的常大拉光荣地加入中国共产党。1958

年秋,常大拉被评为全国林业劳动模范,林业部授予他奖章、奖状和证书。

(二)谢恭德:治理好沙漠再还给国家

"大漠愚公"谢恭德四十年如一日,带领妻儿老小挖渠开荒,植树造林,硬是让5000亩寸草不长的沙漠披上绿装。

为此,谢恭德投入家中全部积蓄,没钱就到处借,欠款直到2010年才还清。他说服3个儿子辞去工作,加入治沙种树队伍。谢恭德说:"愚公能把两座山移走,我们也能把沙漠治好!"

1962年,谢恭德从甘肃省民勤县移居磴口县红盛义村,并担任村党支部书记。作为村里的带头人,带领百姓解决温饱问题是头等大事,但当地饱受沙尘侵害,地贫人穷,生活难以为继,要想改善生活,必须治沙。

党的十一届三中全会后,改革开放的春风吹遍祖国大地。谢恭德多年的理想有了实现的机会。1984年,经乡党委、乡政府研究批准,谢恭德在约5000亩的沙窝里进行林业生产。从此,他当上了林业专业户。

同年9月13日,他带领亲朋和家人18人,雇了2台推土机,开进沙窝,开始了他多年来梦寐以求的改造沙漠、植树造林的宏伟计划。

当时正值深秋,风雨交加,寒气降临。在沙窝劳动,吃住无着,困难可想而知。但他们硬是顶风冒雨,坚持挖渠开地,眼见得渠成形、地成片,岂料一夜狂风,渠沟被填平,十几天的劳动成果全部化为乌有,大家怨声齐发。谢恭德一个个地劝说,做思想工作,鼓舞大家不要怕困难,重新干起,终于推平20多个沙丘,筑起3个大坝,开挖1条引渠,当年秋天造林50亩。

第二年春天,谢恭德以为在头一年秋季植树造林的基础上可以再发展,但当他走进林场时,却发现渠道被沙埋得无影无踪,50亩林木被沙压羊啃,存者无几,眼前仍然是一片黄沙。他望沙兴叹,看来天公不作美,还须想良策。

回到家里,谢恭德召集儿女说明情况,再商计策。儿女多是埋怨,生怕徒劳无功。谢恭德再三劝说,陈述自己大集体时为改造沙漠三起三落和多年的愿望决心。在他的开导下,儿子、儿媳妇和老伴同意了他的想法。

年近六旬的老伴说:"我们搬进沙窝住,我哄孙子、煮饭烧茶,你和儿子、儿媳妇一起干,不信挖不开渠,引不来水,植不起树,无非是多吃些苦。"一席话给全家鼓起了劲儿,大家决心再干。于是,他又雇了推土机,开挖渠道3.5公里,修建简易车马路2.5公里,栽树200亩约15万株,种植灌木40亩达28万株。秋后,他们在沙窝里盖了2间小房,吃住才有了地方。此前,春夏季节,

谢恭德获奖证书

或烈日当头，或刮风下雨，他们也只能在黄蒿下乘凉休息、躲避风雨，夜宿沙丘。

由于他把家搬到林场，对树木管护得好，所栽树木成活率很高，又增加了他进一步发展的信心。1986年，他向磴口县林业局植保站借款1500元，栽植乔木100亩3300株，灌木15亩，开挖毛渠1里多，灌旧林，浇新苗，取得成功。

1987年，因气候变化，大风将他们几年来开挖的渠道全部填平，近500亩树木，一半以上被沙埋压，他只得刨沙开渠，从头做起。资金不足，他卖掉了自己养的羊和所产羊毛。这时，磴口县林业局又一次给予他帮助。

1988年，为了解决年年开渠年年沙压的问题，谢恭德集中力量治理危害最大的8个沙丘，面积达1.2万平方米，控制了流沙，保证了渠道畅通。他从3里外担水浇灌，试种梭梭成功。1989年，他在沙窝打了2眼井，使沙打旺、梭梭等沙生植物得以及时浇灌，生长茂盛。

这中间不知倾注了谢恭德多少心血和汗水。他和家里人，挨过在林地挖甘草人的打，受过在林地放牲口人的骂，遭受过不明事理者的讽刺挖苦，也遭遇过失败的痛苦，但他成功了。

截至2002年，5000亩沙漠种满了杨树、柳树、榆树、沙枣树、梭梭、河柳等10多种植物。七一这天，他以一位老共产党员的身份，郑重地将治理好的沙漠交还给国家。就在这一年，谢恭德荣获全国绿化奖章。

（三）康永祯：爱树苗就像爱孩子一样

康永祯原是磴口县四区二乡社员，曾多次出席过内蒙古自治区、巴彦淖尔盟、磴口县劳模大会。1956年，荣获内蒙古自治区林业劳动模范光荣称号。

1952年，康永祯积极响应党的"组织起来"的号召，发动乡亲组织互助组，他担任组长。在组织过程中，他走家串户，做说服动员工作，反复讲解"组织起来"的好处。

他努力消除乡亲们的思想顾虑，鼓励乡亲们走集体化道路。刚成立互助组的第二年春天，组员刘长命因人口多劳动力少，女人有病，加上家穷，吃了上顿没下顿，怕连累别人，要求退组。康永祯就把自己家的粮食送给他，安慰、说服了刘长命。到播种季节，康永祯又把籽种送给刘长命，帮助他渡过了难关。

1955年，组织上让康永祯负责全乡的林业工作。他经常和村社干部、社员一起背着铺盖进沙窝栽树。当时他已年过半百，体弱多病，但他全然不顾，从没耽误过一次。凡是经他带领种植的树木，成活率都特别高。他经常对人说："我这么大年纪了，紧干也晚了，我要在死前给后辈儿孙多留点值得念想的东西。"他是这样说的，也是这样做的。

为了看护好树木，不论严寒酷暑，还是风雨交加，他总是肩扛猎枪、手拿斧头在林中巡视，从未旷过工，二十多年如一日。即便他病了，也要让孩子替他看护树木。护林工作容易得罪人，可他从未因怕得罪人而放弃原则，从未放过破坏防沙造林者。正像他的入党介绍人张恒孝同志在他的入党志愿书中写的评语那样：他爱树苗，就像爱护自己的孩子一样。

康永祯多次被评选为治沙造林积极分子，盟、县林业战线上的标兵，并于1956年荣获内蒙古自治区林业劳动模范称号。1958年，康永祯光荣地加入中国共产党。入党后，他更加严格要求自己，时时处处以身作则，发挥了一个共产党员的带头作用。

1956年春，马福胜沟沙畔上新栽了一片小沙枣树苗，第二天狂风大作，刮了两天两夜，把刚栽好的小树刮得根露苗倒，有的干脆被沙埋了。看到这种情况，康永祯心急如焚，为抢救小树苗，连家也没顾上回，借了一把锹开始干，直到日落西山才完工。这一天，他水米未进。当他拖着沉重的双腿回到家，已是深夜。

1958年，团结作业区计划在艾家湾的沙窝里建果园。康永祯听到消息后，主动去找领导要求参加。领导考虑到他年事已高，离村较远，生活不便，决定派年轻人去。他坚决不同意。他说："我有多年栽培果树的经验，其他人在这方面实践少。"在他的再三要求下，领导只好同意。第二天一早，他就背着铺盖，扛着猎枪，一头钻进了沙窝。从平整土地、压沙、打围墙到设计果园、栽果树，他都亲力亲为。收工后别人回家，他却蹲在野滩一边吃冷干粮，一边看护树苗。冬去春来，他把小树苗像宝贝一样看待，施肥、浇水、剪枝、打杈、防寒。在他的精心培育下，一棵棵小树苗壮成长。在他80岁时，当年的小树已是果实累累。仅苹果一项，年产2万多斤，而且个大、味美，还有梨、李子、杏、葡萄等水果。

如今，每当收获季节，人们望着那硕果累累的苹果树、梨树、杏树和葡萄树，就会想起康永祯。

（四）佟秀贞：种树能顶"半边天"

佟秀贞，1921年出生于陕西省榆林县一个贫苦农民家庭。因生活所迫，佟秀贞于1946年带着2个孩子到磴口县投奔本家亲戚，落脚于粮台旧地村（今巴彦高勒镇）。

佟秀贞居住的旧地村西面和北面紧靠乌兰布和沙漠，村民深受风沙之苦。当政府号召群众育苗植树、封沙育草改变生产条件时，佟秀贞积极响应。1951年春，县防沙林场场长马守孝带领技术人员到旧地村指导育苗植树时，佟秀贞带头在新调剂到的一亩好地上育了沙枣苗并精心管理，第二年出圃造林时，有苗近8000株，为封沙造林提供了苗木。她在育苗的同时，还发动13名妇女组成妇女造林合作社，边育苗边造林。

到1953年，妇女造林合作社发展到25人，育苗6亩，造林75亩。佟秀贞当选为村妇女主任，被评选为县造林模范、育苗能手，并光荣地出席了1953年宁夏省劳动模范大会，荣获林业劳动模范称号。从此，佟秀贞全身心地投入308华里防沙林带的营造工作。

佟秀贞还领着姐妹们在林地挖渠，经常给幼林锄草、浇水。1953年春，她的母亲重病在家，当时佟秀贞忙着和妇女们给幼林锄草，顾不上侍候母亲。5天后锄草任务完成了，她的母亲也病故了。她这种以集体利益为重的生动事迹，一直在群众中传颂，激励着人们为集体事业忘我劳动。

1954—1955年，佟秀贞当选为磴口县人民代表大会代表、县人民委员会委员。1957—1960年，佟秀贞与旧地大队干部一起，带领群众在旧地村北面的沙漠中营造林带，使400多亩沙地变成绿洲。由于环境优美，公社还把敬老院建在此地。

1961年以后，佟秀贞被组织上选派到下江生产队任政治队长、南粮台大队妇女队长。1976年，已近花甲之年的佟秀贞随女儿迁往临河县。但闲居家中的佟秀贞仍然十分牵挂粮台公社治沙造林事业，曾数次回乡探望。当看到部分林带遭到破坏，她给县、乡领导提出意见，恳请政府采取措施保护林带。

1991年，佟秀贞从临河县迁回旧地村，看到被破坏的林带更新发展了，各家各户还栽了不少果树，特别是看到实验局两个分场治沙造林的显著成果，她高兴地说："这下我放心了。过去是沙进人退，现在是人进沙退。磴口县人民经过几十年的努力，终于制服了沙漠。"朴实的语言，尽显英模本色。

（五）王曰虎：守护绿色直到最后一息

王曰虎原是磴口县五区三乡社员，曾多次出席区、县、盟、省劳模大会。1956年2月，荣获甘肃省林业劳动模范光荣称号。1976年，加入中国共产党。

1949年10月磴口县解放后，王曰虎积极响应县委"封沙育草、植树造林"的号召，动手在冯义公沙湾栽树。他这种自发行动被组织和群众所认可，推举他担任造林生产合作社副主任。

王曰虎一上任，就积极组织和发动群众，治理冯义公沙湾的流沙。他划分了几个造林互助组，在沙窝里开渠引水，栽树种草，并在沿沙地带种植向日葵、高粱、玉米等高秆作物，秋收时只取果实，留秆作为挡风屏障，效果很好，是当时磴口县育草封沙的一大创举。

1952年，王曰虎带领全乡206户农民修复了10道林地支渠，新开支渠2条，增灌生荒林地150亩，播种沙蒿300亩，并在沿沙一带营造幼林122亩，基本上制止了流沙向前移动，彻底改变了解放前那种十种九空、沙逼人退的旧貌。群众尝到了甜头，造林积极性空前高涨。仅1953年8月中旬一天半的时间，王曰虎就动员266人，保质保量地完成全乡285亩幼林锄草、浇水的任务。

王曰虎是个闲不住的人。他经常利用晚上的时间带领社员浇水护林，并和大伙合计，把锄下来的杂草打成捆，在流沙地段打了一道541丈长的草坝，用来拦挡风沙。经过5年努力，到1956年，全社共造林764亩，成活率达到95%以上。一道长约12华里的防沙林带茁壮地成长起来。沿沙边种植的庄稼亩产量也由解放前的五六十斤提高到300多斤。因此，王曰虎多次获奖，被授予林业劳动模范光荣称号。他所在的五区三乡也多次被评为盟、县林业先进集体。

从1957年开始,王曰虎把主要精力放在护林上。为了解决好造林与放牧的矛盾,他组织了6个牧童组,划定草场,订立公约,互相监督,共同遵守。他还发动群众自愿入股,民主管理,做到片片有人管,树树有人护。为了看护好林木,王曰虎不分严寒酷暑、风沙雨雪,在林地巡视。虽然无人记工、监督,但他从未旷过工,二十五年如一日。对危害林木者,他既耐心说服教育,又严格要求。因此,在他看护的林区内,沙蒿茂密,草木葱郁,杨柳成林,形成了一条蔚为壮观的绿色屏障,保护了沙边农田。

(六)孙林涛:从"治沙工"到林业局局长

1952年,22岁的防沙林场干部孙林涛参加了磴口县第一届群众防沙造林代表大会,县委书记杨力生关于磴口县沙情水患的报告深深地震撼了孙林涛,他感到了林业工作者肩上的重任。

会后,孙林涛征得领导同意,深入沙害严重的民兴、西闸、公地等地做调查研究。他在沙区坚持了2个月,逐步搞清了风沙活动的特点。经过认真分析,他向县治沙造林站提出了"沿沙设点,连点成线,营造防风林带;封沙育草,保护沙区草木资源;沿河筑堤,营造防风林带"3项建议被高度重视并采纳。

防沙治沙的思路有了,但封沙所需的大量树草和树种十分缺乏。为解决这个问题，孙林涛走遍和磴口地理环境相似的陕西、宁夏、甘肃、新疆等省区，采集树种约70种，共800余斤。很难体会这是怎样的一种幸福，当挺拔的胡杨萌动隐隐绿意，成片的沙枣林舒展灰色的叶片时，孙林涛兴奋地在沙地里打滚。

1953年，孙林涛被任命为防沙林场第一工作站站长，负责南套子一带的治沙工作。他意识到，要想改变沙化边缘耕地十年九不收的现状，必须从营造防风林入手。可是，在流动沙丘区营造防风林还没有成功的先例。尽管一些沙生树种的生命力十分顽强，但它们在幼苗期十分脆弱，近根的树干经不起重度掩埋。

孙林涛试着搞了成苗移植，但成活率低，工效缓慢，不能大规模造林。但他并不气馁，索性吃住在造林工地，不断试验，力图找出一种在强风沙区幼树防侵埋的方法。设置石障挡沙，但流沙不久就越过石障向前推进。扦插干枝护苗，不久，干枝被吹得七零八落。最后，孙林涛终于找到一个最简单也最有效的办法：每隔半月清除幼苗周围的淤沙。这项工作的艰苦性可想而知，在超负荷的劳作中，孙林涛体重减了10多斤。

1955年夏天，一排排郁郁葱葱的绿色开始出现在乌兰布和沙区东缘。从那时起，新疆的白杨，贺兰的红柳，河北的枣树，吉林的沙棘，相继在这里安家落户。孙林涛走到哪里，林带就延伸到哪里，耕地就开垦到哪里，沙逼人退渐渐地变成人撵沙走。

1956年3月，孙林涛出席团中央、林业部在延安召开的黄河中游省区绿化造林大会。在小组讨论会上，他介绍了磴口人民防沙植树，营造308华里防沙林带的经验，引起了与会代表的极大兴趣。

1958年，孙林涛出席全国第二次社会主义建设积极分子代表大会，其先进事迹列入大会简报。他和其他代表一起受到党和国家领导人的亲切接见，可孙林涛并没有觉得自己有什么了不起。面对浩瀚的乌兰布和沙漠，他总觉得有研究不完的课题。

1958年，孙林涛被任命为县林业科副科长，主持全县治沙造林业务工作。他清醒地意识到，要想真正治理沙漠，关键在于封沙育草，他担心那些脆弱的防风林带抵挡不住特殊的灾变。果然，1962年、1963年，两次特大沙尘不仅使黄河河道淤塞，而且一度使包兰铁路中断，人畜损伤严重。看到眼前的场景，孙林涛下定决心：一定要将这些沙丘固定下来。

在一次会议上，孙林涛将1964年固沙20万亩的计划提出来，用青草和麦秸的腐生殖固定流动沙丘。千人、万人大会战，把麦秸和青草横平竖直地压进沙土，孙林涛叫它"织地毯"。

这大地毯一直织到1968年。1975年6月，孙林涛受命组建县治沙造林局，被任命为副局长。他主动向时任县委书记巴图建议，建立乌兰布和机械化林场和粮台、河壕、南营子、公地4个治沙站，由他负责各地段的治沙造林工作。

治沙场站的建立,对磴口县的治沙造林起到了相当大的作用。内蒙古生产建设兵团撤销改建农场后,孙林涛主动代县呈文上报内蒙古林业厅要求恢复县防沙林场建制,获得批准,1979年恢复县防沙林场。至此,全县林业建设开始出现新的生机和活力。

1980—1991年,孙林涛集中精力参与乌兰布和沙区的综合开发,为沙区开发进行认真调研和积极规划,在许多建设项目中起了中坚作用,受到农业部和林业部的好评。

1958年,孙林涛获第二次全国青年社会主义建设积极分子奖励。1959年,获内蒙古团委颁发的红色突击手奖章。1983年,获国家民委授予的少数民族科技工作者荣誉称号。

(七)刘格礼:铺展绿色,美化城市

刘格礼,这位从内蒙古林学院治沙系毕业的高才生,1989年被任命为磴口县绿化队队长。刘格礼带领他的绿化队匆匆动工了。人手少,工具简陋,要在最佳的植树时间完成栽种500株的任务,他们只得提前行动。

树沟挖好了,细沙填上了,树苗栽下了。人们惊异地发现,那些新植的树,青绿的颜色在一天天浓重。不久,500棵白杨抽芽出叶,长长的绿化带驻留在马路两侧。试种成功了,人们奔走相告,干旱、重碱区的绿化方法找到了,那就是挖沟换沙,改良土壤。这一年，磴口县城植树造林成活率达到85%，巴彦高勒种不活树的说法成了历史。

1995年10月，刘格礼因出色的工作业绩被提拔为县城建局副局长兼绿化队队长。他雄心勃勃地提出了城市绿化计划——试种观赏价值更高的垂柳、松树和翠柏。1990—1998年，在刘格礼的带领下，巴彦高勒城区共植树2.1万株，成活率在95%以上，绿化带长度达到64里，林木覆盖率由1985年的5%提高到了20%。

巴彦高勒变得更美了，一排排挺拔的白杨装点着环城公路；一行行垂柳勾勒出居民小区的祥和；一株株青松掩映在公园、机关。这满眼的绿色，凝结着刘格礼和他的造林绿化队伍的心血、汗水。

（八）金振云：护林员是他最大的职业荣耀

"当时我们扛着树苗，背上干粮和水壶，翻越松软的沙山，在沙窝里一干就是一整天。干热的风沙吹打得人睁不开眼，嘴里、耳朵里、鼻孔里全是沙子，但没有人抱怨。"30多年前的造林情景，磴口县防沙林场林业管护中心护林员金振云仍记忆犹新。

磴口县地处乌兰布和沙漠东北部，境内沙漠面积426.9万亩，占全县国土总面积的77%。从前，常见呼啸的狂风卷携着沙土，推着沙丘向人们的生活空间逼近，吞噬村庄、湖泊、堤坝。为了生存，必须防沙治沙、种树造林。

1986年，金振云接过父亲的铁锹，成为一名林场护林员。他立下志向，一定要种更多树木，让荒漠变绿洲。

现在的林场，曾经是一望无边的荒漠。在这里种树，极度考验人的耐心与恒心。大家背干粮、带水壶、翻沙头、找湿地、栽苗子、插橛子，一干就是一整天。

栽树难，栽活树更难，种下的树往往不到3天就被沙土掩埋，种上七八次，才能活一棵，他们只能不停地种。狂风肆虐、迷失方向、天气炎热、水源耗尽，在沙漠中植树造林必须与风沙搏斗、与危险抗争。为了家园，树坑被埋就再挖，树苗死了就再种，他们绝不放弃。

在沙漠播种绿洲，是一项光荣而艰巨的事业。近些年，为进一步巩固和深化治沙成效，林场党支部创新治沙工作机制，建立了"党支部定组包片+党小组定量包联+党员责任示范林"的党建引领网格化治沙体系。打通林区防火通道，护林员可乘专用的巡护车辆进入林草区巡护；改造林场管护站，休息和值夜班时能住宿舍，能吃上热饭……党建引领推动各项规章制度更加健全，促进防沙治沙工作提质增效，人们植树造林的干劲更足、信心更强。

如今，210万亩沙漠披上了绿装，全县林草覆盖度从20世纪50年代初的0.04%提高到2021年的37.2%。原来的沙漠变成绿洲，真正实现了从沙进人退向绿进沙退的转变。党的旗帜高高飘扬，汇聚万众一心、干事创业的磅礴力量,大家都相信,未来的生活一定会更加美好。

治沙的成效来之不易,仍须进一步扩大"战果",这离不开持之以恒的苦干,更离不开技术创新的赋能。近些年,金振云他们因地制宜、乔灌结合、封造并举,营造以梭梭、花棒等为主的防风固沙林,推广冷藏苗避风造林、高压水打孔植苗造林、工程固沙造林等技术,努力以创新与改变,推动事业不断向前。

为国土植绿护绿,是护林员的本职工作。尽管工作辛苦单调,但每当看到黄沙渐渐退去、绿意滔滔涌来,每当听到人们真心夸赞身边环境越来越好,金振云心中的成就感都会油然而生。与时俱进增强防沙治沙本领,多措并举筑牢绿色屏障,人们就会有更好的生活、更美的家园。

防沙治沙,是一个滚石上山的过程,稍有放松就会出现反弹。"三北"地区生态非常脆弱,防沙治沙是一个长期性任务。将自己的人生融入防沙治沙事业,金振云感觉自己何其荣幸,他决心继续治理沙漠,种下更多绿洲。

(九)张景波:用科技打造治沙利器

漫天黄沙、遮天蔽日曾是磴口县人民群众的梦魇。为响应"向沙漠进军"的号召,一代代沙林人前仆后继地投身于这片土地,用一个个可歌可颂的事迹诠释了他们防沙治沙的决心。

张景波自2002年进入中国林科院沙林中心（中国林业科学研究院沙漠林业实验中心的简称，原中国林业科学研究院磴口实验局，1990年更为现名）后，一直在旱区荒漠化防治一线工作至今。先后主持或参与省部级以上课题20余项；发表科技论文64篇，其中SCI论文5篇；编制国家林业行业标准1项，现已实施；获得国家发明专利2项、国家实用新型专利1项；授权新品种1项；主编专著2部，参编2部。

作为新时代沙林人的代表，张景波一直在坚守这份"功在当代、利在千秋"的伟大事业，在乌兰布和沙漠第一线的科研岗位上，坚守防沙治沙初心，为地方林草事业高质量发展贡献了智慧和力量。

在生态建设战略规划与研究方面，张景波主持完成了国家林草局三北局"三北工程科学绿化试点县（磴口县）技术方案研究"项目，联合中国科学院编制了《三北工程科学绿化技术指南》，应用于三北地区20个试点县（区），为三北地区科学绿化提供示范样板。并依据磴口县国土三调和空间规划数据，编制了《三北工程科学绿化试点县（磴口县）科学绿化技术方案》，重点解决"哪里造、造什么、怎么造、怎么管"的科学问题。参编《三北工程建设水资源承载力与林草资源优化配置研究》专著，于2022年7月出版发行。

路虽远行则将至，事虽难做则必成。张景波主持的中国林科院院基金重点项目"黄河流域荒漠生态系统质量评价与提升对策研究"子项目，搜集了内蒙古、甘肃、宁夏等黄河流域县市的生态质量数据，利用GIS和RS技术，结合大数据整合与归一化处理方法，从流域—生态系统不同尺度分析，明确荒漠生态问题和敏感性指标，定量关键生态质量变化的指标，并利用权重计算方法对荒漠生态系统生态质量进行综合评价。建立生态质量评价指标体系，揭示演变规律，提出生态质量提升目标及恢复对策，为黄河流域荒漠区生态保护与高质量发展提供科学依据。

在生态建设规划与评价方面，张景波先后主持编制了《国家能源集团100WM荒漠区林光互补科技创新示范基地可研报告》《国家能源集团库布其沙漠大型风电光伏基地沙漠生态治理规划》《龙源公司杭锦旗100MW光伏电站风沙危害生态治理项目可研报告》《国电电力伊金霍洛旗100MW农光一体项目规划》，科学合理地使林草与光伏板有机结合，提出了光伏+融合产业"同规划、同论证、同实施"的理念，优化了"光伏+产业"在生态建设中的水资源重新分配和利用效率。

2023年，根据磴口县委、县政府对光伏园区生态治理工作需要，张景波率领科研人员针对水土气生条件进行详细调查和化验分析，提出了光伏生态治理模式，以"低耗水、低成本、可持续、有效益"为准则，创新了光伏+梭梭、光伏+柠条等技术模式，扶持了中草药嫁接、饲草种植，形成了"光伏+产业"的完整链条。

为了更好地促进磴口县生态建设，张景波主持编制了《乌兰布和沙区防护林体系构建技术与模式》技术手册，内容涉及防护林体系建设的意义、设计指标和构建模式等，总结提出了"333"模式（三分林、三分牧草、三分饲草和一分基础设施），解决了林草产业在实际生产建设中的关键性技术难题。培训企事业单位技术骨干3次，共计600余人次，发放宣传手册900余册，累计推广面积达56万余亩，增加林草行业经营收入3360万元，获得了自治区及市林草主管部门、县政府和企业、农牧民的一致认可，为生态治理产业化提供了科技理论支撑。

磴口县处于亚洲中部荒漠区与草原区的分界线，是河套平原与乌兰布和沙漠的接合部，是研究山水林田湖草沙一体化保护和系统治理的天然实验室。该区域是植物地理学重要分界线，具有地域上的独特性和代表性。为此，张景波组织科研人员对磴口县进行了详细踏查，并主编了《磴口县动植物图鉴》，收录植物301种92个品种，共计104种动物，字数为77万字。该书于2022年12月由中国林业出版社出版后广受好评。

张景波主持的"一亿棵梭梭项目——梭梭林动态监测及生态功

能综合评估",针对138万亩梭梭林开展生长动态监测,并开展了不同栽植年限梭梭林的防风固沙功能、土壤保育功能、固碳功能、生物多样性保育功能、水分利用状况及社会经济价值综合评估,探索梭梭与环境响应机制研究。与此同时,张景波主编了《乌兰布和动植物实用手册》,收录64科182属,共计323种植物,字数为45万字。2022年12月,由中国林业出版社出版。

2022年,根据磴口县70多年治沙实践以及中国林科院沙林中心40多年持续监测,张景波组织科研人员在汇总大量科技成果的基础上,创新提出了通过搜集干旱区的种质资源,培育抗旱耐盐新品种,构建以自然保护地、农田防护林网、封沙育草区、防风阻沙区、光伏治沙区为主的"一地一网三区"五位一体综合治理体系的"磴口模式",引发了人们的广泛关注和主流媒体报道。

从事防沙治沙科研工作20多年来,张景波不畏艰难困苦,不惧烈日严寒,加班加点成为家常便饭,率领沙林中心科技工作者,面向地方林草事业发展需求,秉承科学、严谨、求实的科研精神,勇担使命,敢于创新,为磴口防沙治沙作出了自己的贡献。

(十)韩应联:一棵一棵栽,一点一滴做

韩应联,1968年9月出生,中共党员,现任磴口县防沙治沙局副局长。在林业战线二十余年如一日,始终坚守在防沙治沙第一线，在平凡的工作岗位上积极主动，不断探索，把自己的心血无私奉献给了磴口县的绿色事业，奉献给了磴口县乌兰布和沙漠生态治理。

磴口县地处乌兰布和沙漠东缘，境内沙漠面积426.9万亩，占全县总面积的77%。20世纪50年代初，全县森林覆盖率仅0.04%。当时的乌兰布和沙漠风沙肆虐，沙进人退，人民饱受风沙危害。"一年一场风，从春刮到冬""小风难睁眼，大风活埋人""三天不刮风，不叫三盛公"就是当时磴口县生态环境的真实写照。

而如今，当你沿着穿沙公路前行，但见沙海铺绿、大地流翠、湖水荡漾，这绿意盎然的优美景象，这一沧桑巨变凝聚着很多干部群众，特别是林业人的奉献和血汗，现任防沙治沙局副局长的韩应联就是其中之一。

翻开韩应联的简历，没有什么大的业绩，也没有什么突出事迹，只有一步一个脚印走过来的执着。2001年到磴口县林业局工作，2016年任县防沙治沙局副局长，分管造林业务、项目策划和沙产业等工作。20多年来，他始终本着对林业事业的满腔热情，在工作岗位上勤勤恳恳、任劳任怨、脚踏实地地做好工作，作为分管林业建设的副局长始终坚守在林业建设最前沿，尽职尽责做好林业生态建设，被称为林业系统的"活地图"。

韩应联始终恪守"没有调查就没有发言权"的工作要求，从林业工程项目策划开始，按照"建设、保护、产业有效融合"的工作思路，从一开始就与单位技术人员一起对造林区进行实地调查，对工程实施地的自然情况、如何适地适树、如何开展生态治理、治理效果要达到的成效等做到了如指掌，为造林工程的前期工作做足准备。在项目建设上，按照"生态治理产业化、产业发展生态化"的工作思路，为推动和发展壮大林沙产业，使乌兰布和沙漠资源优势变为产业优势、经济优势，努力实现项目建设生态效益、经济效益、社会效益的有机融合。

韩应联始终保持任劳任怨、尽职尽责的工作作风。在造林工程项目实施过程中，从组织施工、技术指导、建设服务、解决问题等方面，坚持严格把关、规范运作、积极协调和认真指导，树立求真务实、一丝不苟的工作作风，始终坚守在造林一线，服务在造林一线，指导在造林一线，每年下基层调查至少200多次，行程3万多公里。

他始终坚持科技是第一生产力，注重林业科技成果运用，在生态治理建设过程中大力推广使用高压水打孔植苗、草方格沙障造林、冷藏苗避风造林等方法，使全县造林成活率和保存率大幅度提高，创建了一批市级优质绿化工程和自治区级森林乡村示范点。

通过全县特别是林业干部职工坚持不懈的努力，磴口县生态环境特别是乌兰布和沙漠生态环境得到进一步改善，同时发展壮大了沙产业、推进了产业结构调整，乌兰布和沙漠资源优势转变成生态优势、产业优势和经济优势，为落实生态优先、绿色发展作出示范。2016年以来，磴口县先后荣获全国防沙治沙综合示范区、国家林下经济示范基地、全国"绿水青山就是金山银山"实践创新基地、"三北"工程科学绿化试点县等称号。

进入新时代，面对新征程。韩应联牢固树立"绿水青山就是金山银山"理念，坚持生态优先、绿色发展，扎实地开展科学绿化工作，矢志为磴口的天更蓝、地更绿、水更清努力奉献，为筑牢祖国北疆生态安全屏障贡献力量。

四 治沙造林功绩永存

多年来，在治沙造林中磴口县涌现出一大批先进人物，从一个人到一群人，从一棵树到一片林，一代又一代治沙人在风沙中坚守，构筑起一道可持续发展的绿色长城，他们的名字将永远铭刻在历史的丰碑之上。

（一）国家级造林劳模先进人物

常大拉，1957年，被授予全国造林护林劳模。

佟秀贞，1956年，被全国妇代会授予育苗先进个人。

武成功，1952年，出席西北军政委员会召开的农林劳模会。

靳振国，1958年，全国社会主义建设积极分子代表。

孙林涛，1958年，全国社会主义建设积极分子代表。

卜云岫，出席全国农林先进代表大会。

杨凤英，出席全国青年造林先进代表大会。

（二）省级、自治区级造林劳模先进人物

王曰虎，1951—1956年，被宁夏省、甘肃省授予造林劳模先进称号。

李桂春，1951—1953年，被宁夏省授予造林劳模先进称号。

康永祯，1956—1958年，被内蒙古自治区授予造林劳模先进称号。

杨大汉，1958—1959年，被内蒙古自治区授予造林劳模先进称号。

戴维东，1974—1977年，被内蒙古团委授予社会主义建设青年突击手称号。

胡生禄，出席内蒙古自治区先进集体代表大会。

杨多俊，1953年，出席宁夏省农林先进代表大会。

陶恒元，1954年，出席甘肃省农林先进代表大会。

张国英，1955年，出席甘肃省农林先进代表大会。

王义加，1959年，出席内蒙古农林先进代表大会。

（三）盟级、县级造林劳模先进人物

马吉英，1952—1958年，出席县农林先进代表大会。

马吉贵，1952—1958年，出席县农林先进代表大会。

陶恒元，1952—1960年，被授予县林业劳模。

杨登元，1954—1957年，出席县林业先进代表大会。

杨秀英，1952—1956年，妇女造林先进代表，在县农林先进代表大会上受到奖励。

慕巧玲，1953—1959年，出席县林业先进代表大会。

张凤仙，1954—1958年，出席县林业先进代表大会。

刘华，1952—1954年，出席县林业先进代表大会，被授予护林积极分子。

杨滋荣，1953—1958年，出席县农林先进代表大会，被授予林业劳模。

何芝乃，营造护牧林受到巴彦淖尔盟奖励。

唐多峰，办黎明大队林场成绩突出，多次受到县政府奖励。

黄沙露兰，1952—1955年，出席县林业先进代表大会，多次受到政府奖励。

王元国，1952—1957年，出席县林业先进代表大会。

谢恭德，1981—1986年，多次受到县政府奖励。

李云奎，1974—1985年，积极筹办大队林场、果园，被授予林业劳模。

祝万寿，1965—1976年，积极护林、造林，多次受到县政府奖励。

王拴虎，1975—1981年，出席县农林先进代表大会。

第五章

"磴口模式"防沙治沙的主力军

一 磴口县防沙林场

磴口县防沙林场始建于20世纪50年代，位于乌兰布和沙漠东缘，黄河北岸，96%的土地为沙区，到2016年，总经营面积34.4万亩，其中，有林地1.26万亩，灌木林地23.58万亩，未成林地4.37万亩，宜林地5.04万亩，管护国家级公益林21.248万亩。全场林地处于308华里防沙林带和10里封沙育草区，南北长50华里。林场以防沙造林、封沙育草为主并承担生态环境建设。

防沙林场为差额拨款事业单位，实行自收自支自负盈亏，下设

3个作业区（二十里柳子作业区、圣母堂作业区、河壕作业区），内设治沙造林室、综合办公室、沙产业室、森林资源管护大队。

在建场60多年的历程中，防沙林场对磴口县防沙造林事业的起步和发展作出了卓有成效的贡献，发挥了林业行政管理、调查设计、组织群众、提供种苗、技术指导、典型示范、培养人才等重要作用。

（一）机构沿革

1949年11月，磴口县委第一任书记杨力生，在组建新政权过程中，经过在农民中走访座谈，调查研究，认为当时群众乱砍沙窝柴草做烧柴，以致破坏植被，沙逼人退是一个严重问题。县委、县政府于1950年1月30日召开了各界人士代表会，决定一是从解决群众烧柴问题着手，动员大家集资打船，从乌达顺黄河水运煤炭；二是严禁砍伐沙区柴草，保护沙区草木，植树造林，阻挡流沙前移，发展农业生产，提高群众生活水平；三是设立防沙造林专业机构，并报宁夏省委审批。

据当时在宁夏省建设厅工作，后任磴口县防沙林场第一任场长马守孝回忆，当时建设厅已有一个初步安排，拟在中卫、磴口两县建立防沙林场。为争取省委尽快批复，杨力生在1950年全省春季造林汇报会上，再次向省委建议。时隔不久，建设厅决定推迟中卫建场，首先建磴口林场，派马守孝负责筹建工作，还把刚从西北农学院林学系毕业的大学生张涛、宛若珊分配到磴口防沙林场。

1950年4月中旬，杨力生书记带领马守孝、张涛、宛若珊乘大卡车绕道伊克昭盟来到磴口县，给他们交代了任务。由于政府尚在筹建之中，他们三人借住在三盛公任根锁家的小土屋里，开始了艰苦的创业。经过半月跋涉踏查，选点比较，最后确定三盛公城南一公里处的富泰魁为林场场址，上报省政府。此处原为一富户的耕地，因多次遭黄河冰坝淹没而弃耕。其中，有一个近10米高的大沙丘最适宜建筑场舍，一可防洪，二则周围可开地千亩，三是距县政府不远。4月28日，宁夏省政府批文到县，宣布5月1日为建场日。磴口防沙林场由宁夏省建设厅和磴口县政府双重领导。为了指导和开展防沙造林、封沙育草工作，县委确定林场面向群众，开门办场。场内生产任务以育苗为主，国营造林只是设点示范。林场成立以后，采取边建设、边生产的方针，在5月下旬便完成榆树播种和柳树插条育苗20亩，受到县委和省建设厅的表扬。到秋季，建起土木结构的场舍200平方米。从此，磴口县有了治沙造林的专业机构。

1951年，防沙林场在坝楞广庆元（三区）设立苗圃，1952年在四坝潘家茅庵（五区）、渡口南套子（二区）设立苗圃，当时均称林业工作站，简称林站。南套子林站于1956年转让给县劳改农场，

同心锁

又在冬青梁（四区）建一林站。1952年底，场站共建设房屋600多平方米，苗圃地600多亩，除老磴口（一区）外，其他4个区都有了林站。林站受林场和区公所双重领导，行政领导与专业服务密切配合，林站帮助群众造林，同时重点搞国营造林。

1953年，宁夏省成立蒙古自治州，磴口县划归自治州，磴口林场也随之改为磴口县防沙林场，科级建制，归县建设科主管。到1954年，林场正式职工由1950年的7人增加到40多人。由于林场干部大多具有大中专文化，又经常下乡做群众工作，经过实践锻炼，成为县区乡三级政府在林业工作和农林科技方面的参谋、助手和业务骨干。

防沙林场虽由建设科主管，但因林场干部以指导群众造林为主，县党政领导就将林业方面的计划安排和公文承办直接交给林场办理，林场可以向区乡行文，场长参加县政务会议，场站的干部参加县区召开的会议，参加中心工作，统一受县区领导。林业干部下乡工作，领导支持，群众欢迎，说话有人听，工作干得很起劲。这个时期的林场实际上起到了人民政府林业主管部门的职能作用。

1956年，磴口县划归内蒙古自治区管辖。内蒙古的林业机构体制与职能作用和宁夏不同，国营林场专门从事国营造林和国有林木经营，苗圃专事生产苗木，均不参与群众造林工作。所以，磴口县政府于1958年单独设立林业科，防沙林场的行政职能和群众工作到此终止。四坝、坝楞林站转为国营苗圃，由林业科管理。冬青梁林站于1959年划归哈腾套海综合林场。县林场设3个生产队，重点任务是在兴盛阳东的河滩地上造林。

1958年8月，林业科请当时在磴口县做园林规划设计的内蒙古林业勘测设计队为防沙林场进行勘测设计，当时设计范围是东起粮台乡防沙林带，北至红房子，西到察汉其里格，向南延伸到与上江交界的刘拐沙头及黄河滩宜林地，总面积10667公顷。1960年，林场在金沙庙设立作业区，此后，林场造林转向二十里柳子沙区及杨三店东侧的河滩地。1963年，在后海子北侧设立作业区开展造林育苗。1964年，县委决定将老柴渠西、旧地、铁匠壕、刘福元一带林场与群众插花营造的国有林和私有树木划归粮台乡经营管理。

1963年6月，根据内蒙古自治区下达的任务，巴彦高勒市政府派孙林涛、孙平到包头市接收上山下乡知识青年。8—10月，分两批接回130多名青年及个别医务、炊事人员到县林场参加林业建设。按当时政策规定，这批人员均为国家林业正式工人。根据工作需要，他们一部分被分到林场，一部分被分到坝楞林站。1962年，八一农场（即现在的乌兰布和农场）迁往内蒙古东部地区，原农场土地由坝楞林站进行治沙造林。1965年春，内蒙古生产建设兵团成立，将哈腾套海林场、八一农场及坝楞苗圃一并划归兵团。

1969年初，内蒙古生产建设兵团改建为北京军区内蒙古生产建设兵团，防沙林场移交兵团。兵团将林场场部改为一团砖厂，砖厂停办后改为果树队，金沙庙、后海子作业区撤销，土地划给一团六连，二十里柳子成立一团十连，均为农业连队。1976年，兵团建制撤销，师部改为巴彦淖尔盟农管局，7个团改为7个国营农场，归盟农管局领导。同年，磴口县成立乌兰布和机械化林场。1977年，在二十里柳子进水闸成立机械化林场二分场。

1978年，乌兰布和机械化林场移交中国林科院磴口实验局。磴口县治沙造林局拟文上报内蒙古林业厅，要求恢复磴口县防沙林场建制，并要求将1969年划归兵团的原林场场部和二十里柳子的十连划归防沙林场。1978年12月，经自治区与农管局协商同意，1979年春，县防沙林场建制恢复，磴口县革命委员会向巴彦淖尔盟行政公署呈报《关于恢复磴口县防沙林场建制设计任务书》，批准场区范围：东北起原红卫公社治沙区；向南经二十里柳子、黄河滩；西南至刘拐沙头与阿拉善盟交界；北接原巴彦淖尔盟林业实验站，总面积为9333.3公顷。6月，接收了一团移交的十连及果树队，场部设在二十里柳子十连连部。经过10年变迁，防沙林场万亩人工林减少到227公顷，林场原有的西苗圃也变为一片废墟。

1982年，磴口县政府决定将坝楞苗圃于1976年组建的1333.3公顷文冠果基地（地址在防沙林带流沙带以西，南起金坑海子，北至乌素渠，西至建设二分干渠）移交县防沙林场。同时，将机关、学校、工厂义务植树营造的巴彦高勒镇西北部环城林带交由防沙林场管理保护。为便于管理，防沙林场场部由二十里柳子迁驻一中西沙窝，并将二十里柳子至金沙庙的林地定为一作业区，果树队包括杨三店以东河滩、东荒地等地定为二作业区，文冠果基地定为三作业区。至此，磴口防沙林场下设二十里柳子、圣母堂、河壕3个作业区，分别称为一作业区、二作业区、三作业区，对作业区实行独立核算，人员经费、事业经费列入县财政预算，全额拨付。从此，防沙林场进入新的生产建设时期。

1988年9月16日，磴口县政府对县直农口系统事业性生产单位实行经济体制改革（通称"小三场"），对防沙林场实行企业化管理，公开承包经营，3年后与财政脱钩，自负盈亏。原林场办公室主任赵建忠经过竞争及组织考核，被任命为防沙林场场长兼支部书记，王自力、张立军为副场长，合同约定承包期限为5年，5年后经济指标达到要求继续留任。新的领导班子上任后，首先进行了林场内部机构改革，将原作业区分级管理模式变为统一管理模式；其次，精减管理人员，减少行政开支；第三，在保证完成林业生产任务和林木管护的前提下，实行多种经营，大力开垦荒地，扩大职工耕地面积，发展以苹果梨为主的经济林及以养猪、养兔等为主的养殖业。通过改革和以上措施的落实，林场经济和职工收入在县财政逐步"断奶"的局面下保持了平稳过渡。但随着经济社会的发展，林场经济逐步陷入困境，经多番努力，1994年县政府对林场实行了定额补贴。

经过多年的改革和林业生态建设形势需要，磴口县防沙林场主要职能调整为：大力开展植树造林、防沙治沙工作，有效改善当地生态环境；依法管理国有森林动植物资源；开发利用国有森林资源；研究和推广沙漠治理工程技术。

（二）治沙造林业绩

1. 采种育苗

解放前的磴口，林木稀少。据1949年县政府建设科统计：全县共有小片树园150片54295株。其中，120片32368株为地主园子，30片21927株为天主堂及乡村公有树园。解放初期，只栽少数箭杆杨、银白杨、臭椿、侧柏、枸杞和榆树，而且都在三盛公、渡口、补隆淖天主堂树园内。地主树园多为柳树。果树只有杏树、李树。

1950年，决定开展防沙造林时，就遇到种苗缺乏这一难题，因此，采种育苗成为防沙林场的主要生产任务之一。当年建场时，就完成了播种、插条育苗，还引进复叶槭、洋槐、侧柏等树种。1951年，林场从宁夏省建设厅领回洋槐、紫穗槐、合欢、仙柏、臭椿、白蜡等种子2900斤。当年秋季，林场派员在宁夏、陕坝等地采购柳树栽子305134株，杨树、沙枣苗木8300株，对保证全县培育苗木、完成造林任务起到积极作用。1952年，林场从银川引进加拿大杨、箭杆杨苗条，从灵武县引进国光苹果、洋梨、枣树、核桃等果树苗木。1953年，从贺兰县采购沙枣种子4000多斤。1956年，从呼和浩特市采回小叶杨种子，开始播种育苗。1958年，从额济纳旗调进沙枣种子和胡杨种子，进行了育苗和移植造林。1959年春季，从辽宁引进苹果梨苗木，秋季从新疆引进圆柏、无核葡萄苗。之后又引进薄壳核桃种和新疆大沙枣苗木，进行育苗繁殖树种。时至今日，全县果树品种繁多，花香果甜，还可见到少数复叶槭、洋槐、白蜡，而加拿大杨、箭杆杨普遍生长良好。特别值得一提的是从宁夏调入的旱柳，栽植在渠畔和深厚红泥土地段，树干高而挺直，主枝细小，开张角度小，树冠紧凑，群众叫钻天柳、黑皮柳，是当地老百姓建房的主要檩条和椽材，成为河套地区四旁绿化和建造农田防护林的推广树种。

20世纪50年代，林场站除育苗外，还提供种子、苗条，组织群众育苗。几十年间，林场站所培育的大量苗木，每年都无偿调拨给群众造林所用，对全县造林事业的发展起到了重要的保障作用。

2. 调查勘测

1951年11月，磴口县政府按照宁夏省建设厅要求，抽调防沙林场干部和县区有关人员组成13人的调查队，下分2个组，即宣传调查组、勘测设计组，对全县造林防沙做了一次整体性调查和勘测。

调查队用40天时间完成4个区的工作，召开群众会、干部会64次，组成合作造林社（组）48个，为磴口县以后的"组织起来，合作造林"奠定了基础，调查期间和群众协商解决了林带占用的农田3507亩，还完成了全县树种及分布调查，了解到风沙对全县的危害程度和群众的看法。经过宣传教育，群众对植树造林防风沙有了认识和信心。

同时，调查队历时50天，用罗盘仪导线，小平板构绘，完成由南粮台沿沙边到四坝下西闸子与杭锦后旗交界处，全长312华里防沙林带的造林地1005公顷的勘测设计任务，为全县防沙林带营造工程绘制出施工蓝图。

3．造林护林

20世纪50年代，林场站干部，除少数财会人员、苗圃管理人员外，从场长到技术行政干部，都到各区乡指导并参加群众造林。每年春秋两季的林地踏查、造林设计、组织整地、种苗调配、动员宣传、技术传授、现场指导、检查验收、登记造册、填发合作造林股票（收益按股分红）和夏季幼林抚育、锄草浇水、打风墙、引水灌沙、封沙育草以及冬季护林等，都分点分片负责，一抓到底。林业干部的双脚跑遍全县，踏遍了每一块林地，为308华里防沙林带能够早日锁住"黄龙"，镇住"恶沙"，保住农田，护住村庄，作出了贡献。

4．管理林木

磴口县土改时，将地主所有的树园和林木全部没收归乡公有，土改后又上交归县所有，县政府将这些树木交林场代为经营管理，并在1953年制定的《磴口县林木保育具体实施规定》第四条第四款中，对公有树园的管理办法做了明确规定。林场对此贯彻执行，如二区的公有树由林场管理，三、四区由坝楞林站管理，五区由四坝林站管理，一般小树园和渠道由场站与当地群众签订合同负责管理，重点园林由场站派工人驻园管理，进行浇水、修枝、松土、围墙修理等抚育保护工作。国家需要采伐时，经县批准，林场站派干部监督采伐，木材款收入上交县财政。这些公有树木在农业合作化后，又交给当地农业合作社，之后由人民公社管理。

5. 发展造林

磴口县由宁夏划归内蒙古后，防沙林场的主要力量转入国营造林，特别是从包头接来众多知青后，国营林发展加快。仅1956—1963年，便营造起黄河铁路桥以南到防洪堤11公里处的河滩地护岸用材林，基本形成从进水闸到后海子连接原盟治沙站的第二条防沙林带。到1969年划给内蒙古生产建设兵团时，全场营造的防沙林、护岸用材林已经达到867公顷，对这一地区的防风固沙、黄河护岸和改变草牧场现状起到了显著作用。

防沙林场建制恢复后，20世纪80年代着重在进水闸南的河滩地营造了乌柳、河柳等灌木林，在三作业区营造了用材林和果树经济林。据1991年全县森林资源清查报告资料显示，防沙林场全场总面积1.08万公顷，林业用地面积1446.7公顷，有林地面积1146.7公顷。其中，防护林446.7公顷，灌木林4536.3公顷，用材林42公顷，果树经济林23.3公顷，农业用地80公顷。

6. 培养人才

随着全县林业建设的发展和工作需要，上级业务部门和县委陆续给林场调配了大量人力，到20世纪50年代末，防沙林场干部职工增加到80多人。

防沙林场作为一个培育苗木、植树造林的单位，也兼具林业人才培养基地的作用。磴口县委、县政府对林场职工培养非常重视，从1951—1963年派到外地参观和学习者达13人。同时，在党的教育培养和生产实践锻炼下，造就了一批林业骨干力量，为全县林业建设打下了基础，也为兄弟旗县的建设输送了骨干力量。

7. 跨越发展

1991—1998年，由于林业投入严重不足，防沙林场只能依靠自身力量，依靠有限的造林专项资金，艰难地徘徊在农业生产和林业生产之间，陷入举步维艰的境地。

20世纪90年代后期，国家实施了"西部大开发"，对林业生态建设的重新定位，即"西部大开发"赋予林业基础地位的科学定论，给防沙林场带来了前所未有的发展机遇。从此，防沙林场这一全县唯一的国有林场进入快速发展的轨道，各项事业跨越式发展。

1999—2002年，防沙林场相继实施了三期国家重点林业生态治理工程，在乌兰布和沙漠东缘累计治理面积近4万亩，取得沙漠治理的重大突破，为磴口县林业建设建立了较为完善的沙漠治理模式。2001年,被巴彦淖尔盟林业处评为万亩造林大场。

2002—2010年,林场依托六大林业生态工程,相继实施了"三北"防护林体系建设工程、天然林保护工程、退耕还林工程等国家重点工程,累计造林面积达10万亩。同时,林场内设机构在保持原有业务室、办公室、财务室的基础上,根据需要增设了防沙派出所及护林中队。至此,防沙林场机构设置得到加强和完善。

2003年,磴口县政府实行"二次生态移民",将原哈腾套海苏木移民27户120人安置在磴口县防沙林场第三作业区,防沙林场无偿划拨38公顷土地及2公顷果园由移民管理耕种,并代县政府行管理之责。

随着林业六大工程建设的深入推进,防沙林场先后组建了由林场职工组成的森林资源管护大队、由林场职工及其家属为主组成的造林施工队。至此,林场每年的林业生产建设、森林抚育管护、森林防火等林业生态工作全部由林场职工及其家属完成,林场职工的生产生活有了保障,真正实现由开荒种田向生态建设与保护的职能转变。

2008年以来,防沙林场基础设施建设明显改善。一是通过棚户区改造项目,异地配建职工住宅楼55户,原址维修加固38户,原址重建平房27户,彻底改善了职工的住房条件。二是在河壕作业区、圣母堂作业区建设职工廉租公寓,铺设自来水供水管网,解决了职工多年来饮用浅层地下水的问题,让职工喝上放心水,改善了职工的生产生活条件。三是在河壕作业区和圣母堂作业区建设4400平方米晾种台。四是投资40万元,联合交通局将河壕作业区主要出入通道改造为柏油路。五是将二十里柳子作业区和圣母堂作业区道路升级改造为水泥路面。六是积极争取利用水权置换项目对河壕作业区主渠道和部分毛渠进行砌衬。七是投资改造圣母堂盐碱化土地,开挖排水4.7公里。八是通过营造林工程,为圣母堂作业区和河壕作业区各配置了1台生产用车。九是在圣母堂作业区营造小杂果经济林191亩,在河壕作业区营造小杂果经济林120亩、葡萄经济林19亩。十是鼓励职工发展育苗产业,为职工积极争取每亩400元的育苗补贴,让职工感受到林产业带来的切实利益,使职工由农业种植逐步转变为林业产业发展。同时,扶持有养殖经验的职工发展圈舍养殖业,积极联系畜牧局,引进优良种羊和先进的养殖技术,为养殖户购买建圈舍所需的砖、水泥等材料,建成养殖圈舍3处5000平方米。稳步推进林地流转清理整顿工作,成立了由县长任组长、分管副县长任常务副组长的工作领导小组,整顿林场境内流转的国有土地,将没有按照合同履行义务的,依法解除合同收回土地。

二　巴彦淖尔市治沙综合试验站

1958年，党中央、国务院决定对全国沙漠进行考察、设计、规划治理。1958年10月，由国务院第七办公室牵头，由中国科学院、林业部、农业部、水利部组成综合考察委员会，着手对西北六省（区）沙漠地区进行考察及综合治理。

中国科学院治沙队于1957—1958年组织全国有关院校和科研单位，聘请苏联专家彼得洛夫，考察了我国西北地区的各大沙漠，即对乌兰布和沙漠、腾格里沙漠及河西走廊进行综合考察。考察工作结束后不久，国家就在呼和浩特市召开了西北六省（区）治沙会议，会议决定在新疆、青海、甘肃、宁夏、内蒙古、陕西六省（区）各建一个治沙综合试验站，以便开展治沙研究工作。

1959年3月，在兰州会议上，就六省（区）建站一事做了具体部署。会议决定在磴口建立内蒙古站，其名称为中国科学院内蒙古磴口治沙综合试验站。开始筹建时，中国科学院治沙队在磴口站投入大部分力量，同时抽调自治区内有关单位的治沙专业人员，中国科学院植物、土壤、地理、地质、气象等研究所和有关大专院校专

新中国成立后，群众治理沙漠

家教授100余人。其中，有中国科学院治沙专业人员刘瑛心、黄兆华、赵兴梁、王康富、耿宽宏、蒋瑾，南京土壤所的蔡蔚祺、动物研究所的周强、西北生物所的陈培源、东北林学院的唐樨英、南京大学的唐宁华、西安交通大学的戴枫年、北京林学院的王利贤、河北地质学院的于志忠，内蒙古自治区林业厅的敖立泉、范林新、胡克勤、吴艳萍，内蒙古林学院的徐树林、卢玫、于兆路，内蒙古大学的李一博、曾泗弟、刘忠龄，内蒙古农牧学院的吴渠来，内蒙古林研所的张敬业、刘德安、田有昌，内蒙古土地勘测局的窦明彦、路昌林。

为了密切配合中国科学院治沙队在磴口地区的工作,经内蒙古林业厅与巴彦淖尔盟行署商定,由巴彦淖尔盟委书记处书记杨力生兼任磴口治沙综合试验站主任委员,马毅民(中国科学院治沙队办公室主任)、贺满堂(巴彦淖尔盟林业处处长)、图布信(内蒙古林业厅处长)任副主任委员。后改派高林生(内蒙古林业厅处长)、江福利(内蒙古林学院教育长)、刘瑛心(中国科学院治沙队专业人员)、康玉龙(巴彦淖尔盟水利处处长)、贺国弼(磴口

沙地科学考察

县委书记)、孟柏林(磴口县副县长)、马维荣(巴彦淖尔盟农业处副处长)等任副主任委员,孟柏林、马维荣、高林生为专职副主任委员。1961—1962年,巴彦淖尔盟行署派巴彦淖尔盟林业学校副校长杨文斌和林业处干部明永良担任专职副主任委员。

当年磴口治沙综合试验站组建了林业、农业、土壤、地貌、植物、动物、生物、畜牧、水利、水文、地质、测验、气象等13个专业组。全体工作人员在巴彦淖尔盟委、行署的领导下,在盟林业处及磴口县政府的大力支持下,一边筹备建站,建立观测点,一边开展工作。至1960年底,先后进行了巴丹吉林沙漠考察、动植物资源调查、土壤地貌水文草场调查;对三盛公黄河铁桥至狼山的综合断面考察;在海子沿(粮台乡乌沈干渠西侧)、察汉其尔盖等地开展了定位研究工作;对固沙造林、黏土地铺沙改良土壤、沙地育苗、防治鼠害等工作进行了一系列试验。

1959—1960年,磴口治沙综合试验站在乌兰布和沙漠东北缘20公里宽、50公里长的地带进行了飞机播种试验。通过定位观测、定位研究,积累了丰富的资料,为以后开展治沙研究工作打下了良好的基础。1960年,磴口治沙综合试验站还对毛乌素沙漠进行了考察。

因为磴口治沙综合试验站受中国科学院治沙队和内蒙古林业厅双重领导,并交由巴彦淖尔盟代管,故称巴彦淖尔盟治沙综合试验站,对外则称磴口治沙综合试验站,并负责指导伊克昭盟、哲里木盟等地区的治沙工作。磴口站(即巴彦淖尔盟站)下设陶生井、贝子地、掴子湖等治沙站,所以该站具有"一身兼二任"的性质。

鉴于治沙工作要水利先行,1959年12月25日治沙一号渠破土开挖,1960年5月1日修通,为开发利用沙漠创造了积极有利的条件。当年夏秋就在库伦套尔盖周围开垦改造丘间低平地66.7公顷,除了育苗近百亩外,还种了瓜、蔬菜、晚玉米等农作物。

1961—1966年,磴口治沙综合试验站利用丘间平地营造各种试验林、示范林200公顷。

1962年,上级决定磴口治沙综合试验站以科研为主,不要求粮食自给,因此,大部分临时工被清退,只留20人。同时,扩充地方科研力量,以补充中国科学院大部分人员撤走后的治沙科研力量,继续开展各项治沙试验工作。1963年底,巴彦淖尔盟行署决定,改治沙综合试验站为巴彦淖尔盟林业治沙科学研究所,任命高林生为所长,杨文斌、孟柏林为副所长。1964年,内蒙古农牧科学院成立,巴彦淖尔盟林业治沙所行政归巴彦淖尔盟林业处代管,业务归属内蒙古农牧科学院领导。1969年3月,内蒙古生产建设兵团接管巴彦淖尔盟林业治沙所,建起2个连队。1976年,在内蒙古自治区政府、内蒙古自治区林业厅以及巴彦淖尔盟委、行署的关怀重视下,恢复了巴彦淖尔盟治沙综合试验站。1979年,巴彦淖尔盟治沙综合试验站管辖的土地划归新成立的中国林业科学研究院磴口实验局管辖,在沈乌干渠东侧、东风渠以西、乌兰布和农场场部以南、粮台乡小北盖以北建立了新的巴彦淖尔盟治沙综合试验站,面积1600公顷。2008年,巴彦淖尔市乌兰布和沙漠治沙管理局成立后,巴彦淖尔盟治沙综合试验站划归该局领导。

三 中国林业科学研究院沙漠林业实验中心

中国林业科学研究院沙漠林业实验中心,成立于1979年,是中国林业科学院设在西北干旱半干旱地区唯一一处现代化综合科学实验基地。

（一）成立经过

1978年,全国科学大会在北京召开,制定《1978—1985年全国科学技术发展规划纲要》,根据关于建立农业现代化综合实验基地的重点项目,国家农委、国家科委《关于建立十一处农林牧渔热作现代化综合科学实验基地的函》,同意先建立十一处农林牧渔热作基地。其中第五个就是内蒙古磴口"三北"防护林现代化综合科学

绿洲防护林

实验基地，这些基地要根据自己的特点、任务，从运用先进的技术装备，采用科学的生产方法和管理方法，实行农工商一体化等方面开展综合科学实验，大幅度地提高劳动生产率和土地（水域）生产力，为农林牧渔各业不同类型地区、不同生产领域实现现代化提供科学依据，创造成套经验。

1979年5月中旬，中国林业科学研究院副院长杨子争等来到内蒙古，与自治区有关方面的负责同志，就基地名称、范围，领导体制和分工等问题进行充分协商，最后由中国林业科学研究院、内蒙古自治区林业局、巴彦淖尔盟行署三方签订了《关于建立沙荒防护林体系综合科学试验基地协议书》。6月15日，将协议书上报林业部，林业部7月11日批复，按协议规定，着手进行磴口实验局的建局工作，并由中国林业科学研究院和内蒙古自治区林业局共同编制计划任务书上报林业部。1979年8月17日，林业部向国家计委报送了中国林业科学研究院内蒙古磴口实验局计划任务书。10月23日，林业部根据国家计委指示，对计划任务书做了批复。10月27日，中国林业科学研究院转发批复给磴口实验局，磴口局根据批复，邀请各方面专家，经过调查研究，进行总体规划，开始建设。

（二）勘察和总体设计

勘察和总体设计工作，以内蒙古自治区林业勘察设计院为主进行，于1978年6—10月，组成约100人的勘察设计队伍，深入乌兰布和沙漠东北部地区，按照国家地形图测绘规范和林业调查有关规定，在该地区进行万分之一比例尺地形图测绘，并在测量控制范围内完成了林业资源调查工作，为总体设计提供了可靠的基础材料。

总体设计工作，由内蒙古自治区林业勘察设计院赵兴洲、刘广善、李兆光，磴口实验局路昌林、郭利选等35名工程技术人员组成设计团队，于1981年5月—1982年1月完成总体设计任务。1981年10月12—16日，在磴口县召开了总体设计文件审查会，林业部、中国林业科学研究院、内蒙古自治区林业局、巴彦淖尔盟行署、磴口县及区内外等24个单位的领导、专家、教授、工程技术人员计55人参加。会后，设计人员根据审查会议纪要，对总体设计文件初稿做了必要的修改，于1982年2月上报。

（三）基地概况

磴口实验局位于内蒙古自治区巴彦淖尔盟磴口县境内，巴彦高勒镇西。地理位置为东经106°35′—106°59′，北纬40°17′—40°29′。其境界东起沈乌干渠，西接近阿拉善左旗边界，南至索音滩南缘，北以国营农牧场建设干渠为界，总控制范围为47万亩。

磴口实验局地处乌兰布和沙漠东北部边缘，海拔1044—1061米，下伏地貌平坦，多为流沙，垄条状半固定沙丘、灌丛沙堆和风蚀地等。沙丘高度一般为1—3米，个别沙丘高达5米以上。土壤主要以漠钙土为主，兼有流沙及盐化草甸土，土层厚度不一，薄层土在0.5米以下，有的地区厚达2米以上。由于风力作用，其上多有不同厚度的沙层，形成各种类型的沙丘，显示出风沙地貌。气候属亚洲中部温带荒漠气候，其特点是气候干旱，冷热剧变，风大沙多。年平均气温7.5℃，1月平均气温−10℃，7月平均气温23.8℃，平均最高气温达32.7℃，最低气温为−20.3℃。平均年降雨量为124.9毫米，雨量多集中在7—9月，年蒸发量为2351.9毫米左右，相对湿度47%，全年无霜期168天。终年盛行西南风或西北风，次多东北风，平均风速每秒3.1米，最大风速每秒15.1米。

磴口实验局经营面积为299717亩,其中,林业用地289237亩,非林业用地10480亩。有林地2802亩,在无林地中,固定沙丘133115亩,半固定沙丘45803亩,流动沙丘25390亩,风蚀平地和下湿地77086亩。

(四)机构和人员组成

中国林业科学研究院内蒙古磴口实验局,受中国林业科学研究院和内蒙古林业局双重领导,以中国林业科学研究院为主。实验局

微地貌扫描

是在原巴彦淖尔盟治沙综合试验站、乌兰布和农场四分场、磴口县乌兰布和林场一分场合并的基础上建立起来的。全局刚成立时有职工418人,其中,党政生产技术管理人员38人,各专业科研人员12人,科研辅助人员23人,生产工人265人,其他人员80人。现有职工399人中,管理人员20人,各专业科研人员58人,科研辅助人员13人,生产工人278人,其他人员30人。

磴口实验局机构经过调整与改革,下设党委办公室、办公室、

风蚀监测

科研室、综合开发研究室、情报资料室、计划财务科、人事保卫科及第一、二实验场，植物园、实验场下设实验区。

（五）基本建设情况

磴口实验局基地于1979年开始筹建，1980年正式开展工作。林业部在批复《中国林业科学研究院内蒙古磴口实验局计划任务书》中确定：磴口实验局是中间性质的实验基地，主要研究解决干旱沙区林业建设中有关科学技术问题，结合生产开展综合科学实验，为建设"三北"防护林体系提供科学依据和创造经验。

在上述文件指导下，磴口实验局边建设、边摸索，经过不断调查研究，认真探讨总结，以寻求适合地区特点的建设林业实验基地的正确途径，坚持以中试为主，大面积中试与小区试验相结合，以研究干旱沙区营林技术为主，林、牧、农相结合，以种树种草改良干旱沙区生态环境为主，治理改造、利用沙漠相结合的方针，紧紧围绕"示范"和"推广"这两项中心任务，运用科技成果组装配套，提高示范区建设质量，扩大示范影响，突出重点，稳步前进。

在中国林业科学研究院的直接领导下，在内蒙古自治区、巴彦淖尔盟、磴口县各级领导的亲切关怀和大力支持下，在全局干部职工的共同努力下，奋战10年，终于使基地建设取得了较好的成绩。

1. 营林工程

共营造试验林和示范林48088亩，固沙林7828亩，用材林8429亩，防护林9778亩，试验林4714亩，种子林6768亩，种草18696亩，经济林1919亩。育苗2927亩，造林整地33349亩，压沙障3281亩。

2. 水利工程

建扬水站2座，开挖分干渠7公里、支渠5.5公里、农渠115公里，新建干渠桥1座、支渠桥闸5座、干渠桥闸41座、农渠桥闸203座，打机井18眼。

3. 基建工程

完成12542平方米，完成高压供电线路10.8公里，通信线路46.16公里，道路28.1公里。基本建设投资832.8万元，为计划投资1354万元的61.5%。

通过种树种草，开展综合试验，磴口实验局沙漠治理范围8万亩，大范围的绿化工程对环境诸因子起到了改善作用。生态环境已由恶性循环向良性循环转变，原来风沙严重的荒漠沙丘已变成绿洲，瘠薄的土壤开始变为具有一定生产能力的耕作土壤。

国家有关部委，内蒙古自治区及所在地区的主要领导多次来基地视察指导。"三北"地区有关省区的林业工作者数十次到基地参观、交流经验。自治区和有关地区组织的诸如沙生灌木容器育苗造

磴口县荒漠生态系统国家定位观测研究站气象监测平台

林技术、固沙造林技术等会议在基地召开，或到基地参观。内蒙古林科院对速生丰产林研究项目进行开题论证，以及磴口县对杨树速生丰产林基地建设进行可行性研究和论证时，也多次到基地参观、调查和取证。磴口实验局开始发挥其应有的示范作用，并为面向大西北的开发进一步进行超前研究工作创造了必要的条件，奠定了良好的基础，树立了干旱沙区开发利用的典型。中央和地方电视台曾做专题报道，中央绿化委员会授予磴口实验局全国绿化先进单位光荣称号。

（六）科学试验情况

磴口实验局的主要任务是配合"三北"防护林体系建设工程，在干旱沙区营造各种试验林、示范林，进行以林为主综合治理和开发利用沙漠的研究。

磴口实验局的科研工作是在中国林业科学研究院林研所防护林研究室科技人员直接参与下进行的，特别是我国著名防沙治沙专家高尚武承担国家攻关课题，直接指导实验局的科研工作，为实验局

地表输沙量监测

建设作出了重大贡献。

　　建局以来，在基地设置了26项研究课题，其中，有8项是国家攻关课题。"模式林带防风效益研究"报告已发表，该试验通过观测，风洞试验，反复校正引出了隙高比这一反映林带防风性强的指标，比透风系数等指标更加直观、易测和实用，同时得出不同隙高比、不同行数和不同行距的22种最佳林带密度组合，为防护林带规划设计提供了科学依据，促进干旱风沙区防护林建设向更为科学合理的方向发展。"梭梭杨柴与沙地水分关系研究"揭示了部分沙生

采信监测数据

灌木与不同立地条件沙地水分动态变化规律，为不同类型的沙丘营造不同的沙生灌木，确立合理的密度提供了科学依据。"白榆地理种源十家系研究"于1986年9月通过鉴定。专家们认为，从试验设计到研究手段及统计分析方法，研究结果都达到了国内外同类研究的先进水平，对指导这个地区白榆引种，促进丰产增益有重要意义。"干旱灌区群众杨分期造林试验"于1986年9月通过鉴定，为春季造林提供最佳造林时间。"刺槐地理种源试验"于1987年通过鉴定，为本地引种刺槐优良品种提供了科学依据。国家攻关项目"优良薪材树种引种选种栽培技术及经济效益研究"于1988年8月通过鉴定，该试验找出了本地最佳薪材树种和管理技术。"容器育苗造林试验"获得成功后，在沙区普遍推广应用，有效地促进了沙区流动沙丘造林。

此外，"大范围绿化工程对环境质量作用的研究""防风固沙林体系优化模式的选定与实验示范区的建立"均属国家攻关课题，也是实验局的主要研究课题。另外，还有"二白杨密度试验""沙区樟子松引种栽培试验""杨树灌溉造林试验"等课题。

四　磴口县四坝公社塔布大队

塔布大队有4个生产队，183户1002人，共计257个劳动力。位于乌兰布和沙漠东北边缘，东西长8公里，南北宽5公里，总面积42.319亩。其中，流沙面积26.307亩，占总面积的62%。耕地4630亩，占总面积的11%。林地面积6870亩，占总面积的16%，其中，农防林138亩，防风固沙林5993亩，用材林191亩，经济林548亩。

解放前，这里黄沙滚滚，一片沙漠地，既无成片林木，也无像样的草场，仅有5丛红柳，蒙古语叫"塔布蓿亥"，大队的名称由此而来。这里风大沙多，沙随风流，风沙危害严重。大于5米/秒的起沙风速年均300多次，最多的是1960年480次，最少的是1967年200次。大于17米/秒的沙暴日数平均15天，风沙压埋耕地，沙粒割打禾苗，吹蚀表土，使农作物的根系暴露，热沙灼伤烫伤农作物，强风加强作物的蒸腾，导致粮食产量低而不稳定。解放初，这里只有2个小村庄，共计60余户200多人，人们过着饥寒交迫的生活。

解放后，塔布大队在党和政府的领导下，坚持造林治沙，采取封造结合、前拦后拉、四面围歼等办法，大力营造防风固沙林。人均有林6.8亩，户均37亩，林带纵横交错，片林遍布全队，对改变大队的自然条件，促进农、林、牧生产，增加社员收入起到了明显作用。

为了调查防沙林的经济效果，1982年10月在大队进行了调查。本次调查情况整理如下：

（一）防风固沙林的生态效益

防风固沙林能降低风速，阻挡流沙移动速度。根据有关部门测定，林后树高5倍处的风速比空旷区减少27.6%—63.6%。林带滤留的沙量占流沙的64%以上，防沙林能把大量流沙阻挡在林带迎风面和林带内。

磴口县从1952—1959年，在乌兰布和沙漠东北面的风沙前沿，营造了一条长308华里，宽50—100米的大型防沙林带。这条林带基本上控制了沙漠向东南移动，保护了黄河部分河套和全县17万亩耕地，使该县东部地区的水利枢纽工程、村屯建筑以及包兰铁路免受流沙威胁。

塔布大队营造防风固沙林，固定了流动沙丘，防止流沙吞没农田，扩大了耕地面积，改变了小气候，促进了农业生产。据第三生产队观测，受防沙林保护的耕地的粮食产量比受风沙危害的耕地高29%。在林带的保护下，随着水利灌溉等条件的完善，大队农业生产水平不断提高。20世纪50年代大队粮食平均亩产124斤，60年代

288斤，70年代366斤，1981年、1982年达425斤，粮食产量比解放初增长了3倍。粮食增产，除耕作制度的改进外，防风固沙林起着主要的保障作用。

防风固沙林能阻挡流沙吞没农田。这里的流沙每年大约以4.5米的速度向前移动。大队在风沙前沿营造的长6000米，宽50米，面积为450亩的林带，每年可使40.5亩耕地免遭沙埋。防风固沙林累计减少沙埋耕地1200多亩，平均每亩防沙林可减少沙埋耕地2.6亩，使29%的免遭沙埋耕地实现增产，扣除收割、脱粒用工和农业成本利润，即作为防沙林的生态效益，平均每亩防沙林保护耕地的效益值为3.16元。

塔布大队坚持治沙和利用相结合，在控制流沙的基础上，有计划地开垦利用丘间土质平地，全队耕地面积由1200亩扩大到3400亩，新增耕地2200亩，用新增耕地粮食增产的数量计算（按29%计算），扣除收割、脱粒用工和农业成本利润，作为防沙林扩大耕地的间接效益，每亩防沙林的效益值为4.32元。防沙林保护耕地和扩大农田的效益总值，平均每亩每年为7.48元。也就是说，每亩防沙林的防护效益大约是每亩耕地粮食总值的18%左右，防沙林的增产效益是十分明显的。

（二）防沙林的直接效益

防沙林除了能阻挡流沙吞没农田，防止沙粒割打禾苗，固定沙丘，扩大耕地以外，还可获得木材、薪柴和树叶等林副产品。经实地测量，一个周期（按17年计算）的柳树防沙片林，每亩蓄积为12.42立方米，按当地椽材、檩材收售价格算，每亩价值为852.7元，扣除营林成本和税金，还有724.62元利润。一个周期内修枝获得的薪柴和树叶的产值为30元。整个周期内，每亩防沙林木材和林副产品的产值为860.33元，林地生产率为50.6元，林业劳动生产率为每人每天37.08元，每立方米蓄积成本1.65元，平均每亩年生长量为0.73立方米，一个周期每亩林业利润为809.56元。

全队现有活立木蓄积15444.59立方米，按当地木材销售价推算，好林价每立方米为66.85元，则活立木价值可达1032470.84元，薪柴、树叶产值为123525元，已经实现的木材产值为135610元，林业总产值为1291605.84元。全队林业总成本为346728元，总产值扣除总投资的利润为1008747元，也就是说，大队在绿色银行里储存了100多万元的资金，随着时间的延长，防沙林的直接效益和防护效益会与日俱增，经济效益越来越大。

（三）防沙林的成本指标

营造防风固沙林既是林业生产，可以生产木材和林副产品，又是一项农田基本建设，因此需要一定的劳动消耗。

据调查，塔布大队当年造林整地，扦插、管护平均每亩用工4.4个，按0.7元工日值计算，造林工值为3.08元，每亩苗木费12元，加上管理费，固定资产折旧，每亩造林成本15.12元。造林后的抚育管理费（包括管护用工、病虫害防治等），平均每亩每年0.31元，一个周期内（17年）的营林成本为每亩20.44元。

1974年以前，塔布大队的平均造林保存率为35%，1974年以后的平均造林保存率为60%，若按40%的平均造林保存率计算，根据实际保存面积，平均每亩成本为50.47元。

从塔布大队营林生产劳动消耗可以看出，造林和营林阶段的劳动消耗比较小、成本低，按保存面积计算成本比较高，这是因为造林后容易被沙埋，同时灌溉不及时，造林成活率和保存率比较低。据1949—1970年调查，全盟平均造林保存率只有29%。因此，在沙区应选择耐干旱、萌芽力强的树种造林，提高成活率和保存率，这是降低成本，提高经济效益的重要途径。

（四）防护林建设提高了农业劳动生产率，增加了社员收入

塔布大队大面积营造防风固沙林，投资小、成本低、利润高，取得了较好的经济效益，平均每年每投资1元可得0.62元的利润。这对提高农业劳动生产率，增加社员收入起到了一定作用。

塔布大队的粮食平均亩产、农业劳动生产率和人均总收入比全公社的平均数分别高18%、14%和29%。塔布大队在全公社是自然条件最差的生产队。20世纪五六十年代，农业生产水平低于全社平均数。由于营造防风固沙林，自然条件得到改善，粮食产量稳步上升。据计算，每增加1亩防沙林，可使亩产增加53.4斤，粮食单产由解放初的100斤提高到400斤，总产由36万斤增加到110万斤。因发展林业，牲畜饲料增加了，全队牲畜由400多头增加到1560多头。1980—1982年，社员盖新房197间，大队盖房780平方米，所用木材全部自给，并出售部分商品材，增加了集体积累，社员收入也明显增加，营造防风固沙林一举多得。

（五）主要经验教训

塔布大队在营造防风固沙林取得经济效益的同时，也认识到一些问题，主要经验教训是：

一是缺乏科学规划，树种单一。过去大队造林基本上是有什么

苗种什么树，林木分布比较乱，缺乏统一规划，树种以柳树为主，灌木和草的面积很小，因此仍有部分耕地受风沙危害。大队应合理规划，适当扩大灌木面积，保护天然植被，实行乔、灌、草结合，阻沙和固沙相结合，进一步提高防护效益。

二是农田林网面积小。全队农防林面积约占耕地面积的4%，大约有60%的耕地没有林网保护。应加快农田林网建设，形成网、带、片结合的防护林体系，这对促进农业生产，增加林业收入，将会起到更大的作用。

三是要加强幼林抚育管理，促进林木生长。大队现有6800多亩林地，6个护林员，每人平均管护1000多亩，幼林抚育跟不上。实测的防沙林带，17年生柳树每亩株数达180株，其中胸径在15厘米以下的小径材占72%，说明树木密度大，生长慢。有些林地抚育间伐不规则，伐大不伐小，去优不去劣，影响出材量，如合理抚育间伐，可促进林木生长，增加木材产量，提高经济效益。

第六章

"磴口模式"的深刻内涵

磴口县位于内蒙古巴彦淖尔市西南部,乌兰布和沙漠东北端,是我国荒漠化最为严重的地区之一。新中国成立以来,历届磴口县委、县政府带领全县人民不畏艰辛、迎难而上、矢志不移地向沙漠进军,战风沙、保家园、促发展,形成了"308信念传承、两山理念引领、三生共赢发展、四方主体参与、五域系统施治"的防沙治沙"磴口模式"。

2023年6月,习近平总书记在巴彦淖尔市主持召开加强荒漠化综合防治和推进"三北"等重点生态工程建设座谈会,对防沙治沙"磴口模式"给予充分肯定,磴口县各族干部群众深受鼓舞和激励,平添无穷干劲和斗志。

为此，重温防沙治沙"磴口模式"的形成历程，挖掘升华其在新时代的价值内涵，提出下一步实践运用的努力方向，必将更好地推动磴口乃至全市防沙治沙在新时代向纵深发展、向产业化治沙的广度进军。

一 "磴口模式"的具体表述和内容阐释

荒漠化是影响人类生存和发展的全球性重大生态问题。加强荒漠化综合防治，深入推进"三北"等重点生态工程建设，事关我国生态安全、事关强国建设、事关中华民族永续发展，是一项功在当代、利在千秋的崇高事业。

磴口县七十多年防沙治沙的生动实践，凝结成中国防沙治沙"磴口模式"的精髓，归结为5句话，即"308信念传承"是基因血脉，是"磴口模式"的底蕴所在；"两山理念引领"是科学指南，是"磴口模式"的核心所在；"三生共赢发展"是治理目标，是"磴口模式"的价值所在；"四方主体参与"是要素保障，是"磴口模式"的关键所在；"五域系统施治"是路径措施，是"磴口模式"的特性所在。以上5个方面，共同形成了整体协同、有机统一的中国防沙治沙"磴口模式"。

（一）"308信念传承"是基因血脉，是"磴口模式"的底蕴所在

防沙治沙不仅是"绿进沙退"的空间交锋，更是"人进沙退"的精神对垒。

面对防沙治沙收缩、防御、相持、拉锯、反攻不同阶段的重重困难，渗入磴口各族干部群众骨髓和血脉的"308信念"，一直鼓舞和激励着一代又一代磴口人民坚定信心、坚持不懈向沙漠进军，不断焕发出"誓叫沙漠换新颜、敢把沙漠变绿洲"的顽强斗志，在不同的历史时期推动沙漠治理取得了积极成效。

（二）"两山理念引领"是科学指南，是"磴口模式"的核心所在

防沙治沙不仅要有坚强的意志和决心，更要有科学的思想和理论指引。磴口人在防沙治沙过程中一度认为"沙漠有百害而无一利"，没有把沙漠当作生态环境的有机组成部分，没有把沙漠看成产业发展的全新空间，所以在治沙过程中也出现过"就沙治沙"，单一推进封沙育林、封沙育草的问题。

在"绿水青山就是金山银山"理念指引下，磴口县干部群众

阴山脚下

认识到沙漠不仅不是害,而是发展特色有机产业的宝贵资源,坚持治沙和致富相结合,变沙害为沙利,逐步走上了生态产业化、产业生态化的科学治沙之路,推动沙漠治理步入了"以治促用、以用促治"的可持续治理阶段。

(三)"三生共赢发展"是治理目标,是"磴口模式"的价值所在

治理沙漠投入大、周期长、见效慢,只有统筹考虑当前和长远、公益和利益、发展和民生的关系,才能保证治理的有效性、可

持续性。

磴口县在推进沙漠治理的过程中，注重生态治理、生产发展和民生改善相统一，坚持适地、适树、适草、适种、适产，出台推进治理沙漠的激励政策措施，培育和种植既有生态治理效果又能产生经济效益的沙生作物，大力扶持发展特色林果业、中药材种植等沙产业，让参与者有收益有回报，从而实现绿富同兴，生态、生产、生活"三生共赢发展"。全县重度沙化土地减少45万亩，中度沙化土地减少3.3万亩，林草覆盖度由新中国成立初的0.04%提高到2021年的37.2%，黄河输沙量由过去每年7000万吨减少到370万吨，促进了沙区农牧民就业，工资性收入和经营性收入大幅提升。

（四）"四方主体参与"是要素保障，是"磴口模式"的关键所在

沙漠治理是一项系统工程，必须有坚强的组织领导、多元的资金投入、广泛的群众参与、适用的技术创新。

各级党委、政府是政策项目支持的主体。磴口县从新中国成立初到今天，历届县委、县政府根据不同时期的治沙需要，健全组织

机械化栽植冷藏苗

机制、制定科学规划、创新政策支持，先后出台了关于加强乌兰布和沙漠管理、加快经济林产业发展等一系列政策性文件，争取实施了国家重点生态项目、天然林保护等大量生态工程建设项目，为防沙治沙提供了坚强保障。

各类企业是沙产业发展的主体。磴口县扶持引进企业91家，带动各类市场主体多元投入，推动有机种植业、养殖业、特色林果业及光伏+生态治理等产业快速发展，让乌兰布和沙漠充满了蓬勃生机。

各族干部群众是社会化参与的主体。磴口县在常态化组织干部群众开展大规模义务植树造林活动的同时，有效运用以工代赈、以奖代补等方式，充分调动群众参与沙漠治理的积极性，涌现出常大拉、谢恭德等一大批治沙先进人物和先进典型。

科研机构是科技支撑的主体。磴口县通过与北京林业大学、中国农业大学、内蒙古农业大学、中国林科院沙林中心等知名院校和科研机构进行合作，助推产、学、研一体化发展，探索形成了荒漠原生树种造林、高压水打孔造林、冷藏苗避风造林以及封飞造并举、乔灌草结合、带片网协同、田水沙共治等治沙实用技术和方式，为科学防沙治沙提供了有力的技术支撑。

（五）"五域系统施治"是路径措施，是"磴口模式"的特性所在

磴口县与驻地的中国林科院沙林中心互相协作，因地施策、因害设防，统筹推进山水林田湖草沙一体化保护和系统治理，构建起与乌兰布和沙漠生态治理相适应的"一地一网三区"防沙治沙体系。

"一地"即自然保护地。建成了国家级自然保护区1个、国家湿地公园2个、国家沙漠公园1个，确保荒漠生态系统的原真性和完

"稍息立正"

整性。

"一网"即农田防护林网。在沙漠东缘围绕农田、路网营造主副林带垂直的新型防护林网,遏制水土流失和沙漠对农田的侵害。

"三区"即封沙育草区、防风阻沙区和光伏治沙区。封沙育草区就是在裸露沙丘实施围栏封育,促进天然植被恢复;防风阻沙区主要是采取稻草方格先固沙、后造林的方法,固定沙丘130万亩,阻止流沙活动和前移侵蚀黄河及铁路;光伏治沙区重点是通过光伏+生态治理开辟新能源产业板上产绿电、板间长绿草、板下变绿洲的三产融合发展新赛道,以光锁沙、以草固沙,打造产业化、立体化、高质化的防沙治沙新业态,建设千万千瓦级新能源产业基地。

二 "磴口模式"的实质与特征

磴口人民面对沙进人退、生态恶化的困境,坚持不懈开展艰苦卓绝的抗沙治沙行动,在七十多年的治沙历程中,磴口人民迎难而上、实干苦干,铸造了"磴口模式"极其"丰富"的内涵,也铸就了"磴口模式"无比"智慧"的特征。

新中国成立以来,磴口人民与恶劣的自然环境做斗争,治沙治水,保卫家园、保卫黄河,取得了生态环境基本好转的巨大胜利。总结和回顾这段历程,坚韧不拔、苦干实干的精神和尊重科学、尊重首创的先进理念贯穿于整个过程,"磴口模式"成为磴口人过去、今天乃至未来的宝贵精神财富。认真回顾和总结"磴口模式"形成的过程、实质及其重要作用,对于进一步推动磴口的发展无疑具有重大的历史意义和现实意义。

(一)"磴口模式"形成的接力传承

纵观磴口县七十多年发展过程,几乎每十年都要有一个大的行动,值得我们认真总结和回顾。

一是20世纪50年代为生存而战,掀起"两沿两营造"防沙治沙攻坚战。这一时期的代表人物是杨力生及不足2万人的磴口人民。

从1949年9月磴口解放到1950年10月,经过镇压反革命运动和土地改革,磴口县的人民政权得到了巩固。于是,以杨力生为代表的磴口县一班人,针对磴口风沙肆虐、侵蚀家园、河水泛滥、淹埋农田的严重态势,果断坚决地提出了"沿沙设防,植树造林,营造防沙林带,保护沙区草木;沿河筑堤,沿堤栽树,营造黄河护岸林带"的建设工程。当时,磴口县总人口1.75万,财政收入不足万元,人力、财力、物力都和这巨大的工程不相称。但是磴口县党政领导和全县人民没有被困难吓倒,他们顽强地向沙漠进军,以大无

畏的精神向沙害和水患展开了艰苦卓绝的斗争。到1958年，磴口人终于沿乌兰布和沙漠东缘，营造了308华里防风固沙林带，林带的平均宽度为50—100米；沿黄河西岸筑起了20公里防洪堤，基本上治理了流沙、水患对农田和家园的侵袭及破坏。鉴于磴口县治沙造林取得的显著成绩，林业部于1952年和1958年先后授予磴口县造林绿化先进县和治沙造林模范县称号。1959年，中央新闻纪录电影制片厂和内蒙古电影制片厂联合摄制了专题片《战黄龙》并在全国播映。

二是20世纪60年代为生活而战，初步建立了磴口经济社会新格局。50年代末至60年代初，磴口人奋发图强的精神风貌得到了更深的推进和质的升华，赢得了加快发展的良好机遇。

首先是治沙造林工作得到了延伸与推进。在国家的嘉奖面前，磴口人没有骄傲，而是想得远，谋得大，做得实。在组织结构上，这一时期是治沙造林的黄金时期，巴彦淖尔盟的成立，并将盟所在地选到磴口，这是磴口发展史上难得的一次机遇，因而治沙造林的组织领导从县级提升到市一级的水平。在财力上，争取到了国家600万元资金。在科技和人力上，磴口境内设置了3个林场和1个科研所。磴口县人口10年增加了6倍，达到了7.2万人。参与建设者也由过去单一的磴口县人转变成磴口与盟直单位干部职工共同建设。同时，先后组建了3个机械化林场和1个治沙站，1965年又组建了中国人民解放军北京军区生产建设兵团，兵团一师进驻乌兰布和沙漠，下设7个团综合治理和开发乌兰布和沙漠，百万亩乌兰布和沙漠在大兵团作战下开始变成绿洲。治沙造林措施也得到了进一步完善，无论是方法、科技含量，还是管理办法都得到了提高，整个规程得到了较好的完善。这种不畏艰难、负重前行、齐心协力、敢于胜利的精神得到了充分的延伸和放大，继往开来、永不止步的信念给治沙工作注入了新的内涵。

其次是治河疏浚工作有了历史性的突破。1959年，三盛公水利枢纽工程正式开工，国家投资4273万元，历时一年半，建成亚洲最大的一首制自流灌排工程，开挖了浩大的河套总干渠和配套渠系。

磴口县作为工程建设所在地，首当其冲，组织干部群众参加了艰苦卓绝的劳动。同时，磴口人动手开挖了一干渠、申家河和大滩渠3条渠系，为全县的平原灌溉和乌兰布和沙漠引水治理发挥了极其重要的作用。

第三是治沙治水的巨大成果极大地激活了磴口人的创业思维和工作思路。这一时期，磴口人勇于创业，把工作视线从农业拓展到了工业及商贸等领域。在新的经济领域，磴口人继续苦干、实干，工交财贸工作取得了新突破和新跨越。在辖区乌达兴办煤矿。1958年，磴口县组建了乌达煤矿。同年11月，日产量就达到1.4万吨。在巴彦高勒镇，先后新上化工厂、巴彦高勒发电厂、巴盟汽修厂、皮革厂、农机厂和诸多轻工业作坊。这种结构上的多元化给磴口地区的经济带来了新的巨大的动力。社会事业同步发展，兴办了一批中等职业技术学校和中小学校、医院，文化体育设施基本完善。当时的巴彦高勒已经成为河套和阿拉善地区的政治经济文化中心。1960年，经国务院同意，设立巴彦高勒市。

三是20世纪60年代末至70年代中期，磴口县的发展总趋势是在大局上丧失发展机遇，局部略有突破。

70年代初期，开始谋划经济发展，先后兴建了糖厂、棉织厂、水泵厂和木工机械厂。大家团结一致向前看，先后组织开挖东风渠，到东升庙兴办硫铁矿。

四是改革开放初期，生产力得到了充分解放，磴口在农业生产和农场发展上得到了较快的推进。特别是治理乌兰布和沙漠的热情，得到了较好的延续。这一时期，磴口县的干部群众充分解放思想，真抓实干，农牧业生产年年跃上新台阶，农业产值从1980年的3076万元上升到1990年的1.6亿元，城乡居民的温饱问题得到了解决。同时，积极争取国家投资，兴办速生丰产林基地，基地治理开发面积近4万亩。这是从林业部到自治区治理和利用乌兰布和沙漠资源的一次大胆尝试。

群众文化精彩纷呈

五是20世纪90年代，市场经济体制的建立和推进，对磴口县的经济结构冲击较大。由于地处偏远地区，思维模式仍然停留在计划经济的格局中，应对能力差，许多计划经济时期的企业纷纷失去产品市场，经营步入十分窘迫的境地。困难又一次摆在磴口人面前，二次创业成为磴口人重新面对的重大课题。

六是90年代后期至新世纪初，磴口人在屡战屡败面前吸取了经验和教训，二次创业，大胆做了三件事：解放思想，组织干部群众到先进发达地区学习，充分认识自己的不足，寻找落后的思想根源；充分发挥曾经拥有的创业精神，走出去招商引资；净化自身的发展环境，引进了蒙牛、华润金牛、佳格、泰顺、中粮、华油、西部天然气等一大批知名企业，工业经济呈现了新的活力。这一时期，生态建设也得到前所未有的发展，紧抓"西部大开发"的历史机遇，大搞生态建设，连续四期生态工程，使乌兰布和沙漠得到了较好治理。生态工程和退耕还林、退牧还草及其他工程的相继实施，使乌兰布和沙漠得到了大范围的治理。这种奋斗精神，与20世纪50年代的治沙风貌形似神通。这也再次说明，只有牢牢把握住时代发展的主动权，才能取得各项事业的胜利。

经过上述不同历史阶段的接力传承，中国防沙治沙"磴口模式"的前提基本形成：一是大公无私，有为事业而舍弃个人得失的大家之气；二是创业热情，有胜于老愚公的顽强，有不达目的绝不罢休的执着，有为党的事业不息战斗的恒力；三是安定团结，环境造就事业，只有环境好了才能干大事业。这种实质也得到了集中体现：不畏艰难，负重前行；团结拼搏，敢于胜利；继往开来，永不止步。

（二）"磴口模式"的历史意义和现实意义

"磴口模式"是贯穿于磴口县防沙治沙七十余年的发展精髓，是统领全县防沙治沙工作实践的总结。认真分析和充分发扬"磴口模式"，对于促进全县各项工作都具有十分重要的历史意义和现实意义。从历史的角度看,"磴口模式"给磴口人的启迪有三个:一是磴口人在历史进程中能够紧扣发展脉搏,紧抓面临的主要矛盾,将时代发展的主动权牢牢地掌握在自己手中;二是继承和发扬了凝结在"磴口模式"中的艰苦奋斗、顽强拼搏的精神,并将其延伸到经济社会各领域,使全县各项事业欣欣向荣;三是"磴口模式"得到了时代的认同、社会的认同、人民的认同,在整个区域发展中凸现了地位,充分发挥了磴口的比较优势。这是历史赋予磴口人的精神财富,也是今后磴口人继续发扬的精神所在。今天,我们回顾和倡导"磴口模式",就是要牢记过去的成败得失,使我们的事业不断取得新的更大的胜利。

一是"磴口模式"集中体现了党领导一切的重要性,在任何时候任何情况下,只有在中国共产党的坚强领导下,我们的事业才会无往而不胜。磴口县防沙治沙的历史实践充分表明,无论是治沙、护堤、大兴水利工程,还是发展工业和奠基磴口的经济基础,都是在中国共产党的坚强领导下实现的。

二是"磴口模式"集中体现了抢抓机遇、与时俱进的可贵精神,是党的事业继往开来的真实写照。什么时候什么地方,体现什么样的主要矛盾和矛盾的重要方面,这是我们做好工作的重要抓手,抓住了主要矛盾和矛盾的主要方面,就把握了时代的主动权。"磴口模式"的每个纵面都是在历史发展的长河中狠抓机遇的结

赛龙舟

果,也是群众聪明才智的具体体现,更是领导集体智慧的结晶。

三是"磴口模式"集中体现了干事创业的优秀品质和大公无私的合作情怀。无论是治沙也罢,治水也罢,还是发展工业,兴办社会事业,这些事情都需要一个干事创业的氛围,更需要敢闯敢干、甘于奉献的人担起历史的重任。这些人在困难面前不低头,在曲折面前不让步,在金钱面前不掉队,一如既往,大公无私,忘我工作,任劳任怨,无私奉献。只有这样,才能稳操起"磴口模式"这块光荣的牌子。磴口县防沙治沙的历史实践也告诉我们,无论大小事,无论什么时候,只有充分发扬这种作风,我们的事业才会兴旺发达。

三 适应新时代要求，与时俱进的"磴口模式"

磴口县作为黄河流域重点生态圈的前沿阵地，最大的价值在生态，最大的责任在生态，最大的潜力也在生态。近年来，磴口县委、县政府立足内蒙古在全国发展中的战略定位和"三北"工程建设重点区域，适应新时代要求，与时俱进，多点发力，探索新时代

京津风沙源工程

防沙治沙有效路径。

中国防沙治沙"磴口模式"是一种凝聚科技力量防沙治沙的技术模式。为了保证树种成活率，当地通过收集干旱区的种质资源，培育新的抗旱耐盐品种，营造防护林网、防护林带，构建以自然保护地、农田防护林网、封沙育草区、防风阻沙区、光伏治沙区为主的"一地一网三区"五位一体综合治理体系。同时，加强黄河岸线流沙联防联治攻坚，解决黄河沙患水患问题。

一是以自然保护地为基础，保护沙漠原生资源。磴口县委统筹布局哈腾套海国家级自然保护区、纳林湖国家湿地公园、奈伦湖国家湿地公园和沙金套海国家沙漠公园等自然保护地总面积191.4万亩，维护自然生态系统健康稳定，稳住治沙基本盘。

二是以农田防护林网为核心，构筑绿色生态屏障。在乌兰布和沙漠东缘围绕农田建设防护林，围绕路网营造林网，完成农田防护林网防护面积157万亩，形成了"宽林带、大网格、低耗水"的新型农田防护林模式。

三是以封沙育草区为前沿，控制流动沙丘前移。采取围栏封育和人工干扰的措施，治理沙漠21万亩，促进天然植被恢复。对于裸露沙丘，通过飞播和人工播种籽蒿、花棒、沙拐枣等方式，控制流沙的活动和前移。

四是以防风阻沙区为关键，加强重点区域治理。采用冷藏苗避风造林、冬贮苗造林、高压水打孔植苗造林、飞播造林和生物+沙障等复合技术，选用梭梭、花棒、柽柳、柠条等优良抗逆植物，通过先固沙后造林、片带结合、多带配置等方法构建防风阻沙林，完成治沙造林面积130万亩。

五是以光伏治沙区为示范，推进治沙高效利用。磴口县先后引进国电投、易事特、大唐、国龙、蒙能等企业，打造光伏+生态治理模式，实现生态治理和经济效益双赢。目前，已完成光伏+生态治理162万千瓦，占地面积约5万亩，在建360万千瓦，占地面积约11万亩。

六是加强黄河岸线流沙联防联治攻坚。主要采取工程固沙+灌木造林+退化林修复+森林抚育+农牧民利益联结的治理模式。与阿拉善盟签署乌兰布和沙漠区域联防联治合作协议，开展联防联治，实施阻沙入黄生态治理。刘拐沙头黄河岸线流沙联防联治攻坚区紧邻黄河岸线，东西宽11.5公里，南北长6公里，区域治理面积10.35万亩，过去每年向黄河输沙7000万吨，通过多年来的治理降到目前的370万吨左右。

丰富和发展新时代防沙治沙"磴口模式"，治沙的接力棒在继续传递，磴口人追随前人的脚步，坚决扛牢黄河"几字弯"攻坚战核心区和前沿阵地的使命责任，全面挖掘升华"磴口模式"的丰富内涵和时代价值。

——打造防沙治沙+系统治理样板。坚持系统观念，以防沙治沙和荒漠化防治为主攻方向，护山、节水、造林、改田、保湖、增草、治沙协同推进，统筹谋划沙漠边缘和腹地、上风口和下风口、沙源区和路径区，全力构建点、线、面结合的生态防护网络，持续提升沙漠生态系统质量和稳定性。力争到2030年完成荒漠化治理168.5万亩，实现县域内荒漠化治理全覆盖。

——打造防沙治沙+光伏产业样板。追"光"逐"绿"，力争"十五五"早期，全县新能源装机规模达到1400万千瓦以上，光伏治沙面积达到35万亩以上，全县沙产业产值达到160亿元以上，全

力打造新能源创新发展新高地。

——打造防沙治沙+有机奶业样板。深入推进奶业振兴,力争到2027年,在沙区建成规模化奶牛养殖场56座,奶牛存栏达到18万头,有机奶产量突破40万吨,奶产业实现产值75亿元,建成全球最大有机奶全产业链生产基地、全国县域内牛奶产量最大的生产基地。

——打造防沙治沙+特色有机农业样板。选育和推广优质饲草新品种,有机牧草、肉苁蓉、中草药材、特色林果等种植面积达到60万亩。促进酿酒葡萄、肉苁蓉、华莱士瓜、番茄、糯玉米等有机产品精深加工,让更多"沙生产品"优质优价,享誉全国。

——打造防沙治沙+全域旅游样板。依托县域内山水林田湖草沙全要素旅游资源优势,突出沿沙、沿河、沿山三条生态旅游路线,纳入黄河文化旅游带,巩固提升鸡鹿塞、纳林湖等景区品质和地域品牌影响力,改造提升黄河三盛公国家水利风景区,建成乌兰布和沙漠生态博览体验区,形成龙头带动、全域发展的生态旅游新格局。

四 推进产业化治沙,增进可持续发展后劲

立足乌兰布和沙漠资源优势,打造全区乃至全国最大的肉苁蓉

生产加工基地和集散中心，发力"板上产绿电制绿氢、板间长绿草养畜禽、板下变绿洲生绿金"的三产融合新赛道，大力发展沙漠探险、穿沙越野、低空飞行等旅游产业……近年来，磴口县聚焦聚力完成好两件大事，按照治沙与致富同兴的思路，将生态治理与农畜产业、光伏发电、文旅产业、中草药等沙草产业相结合，走出一条乌兰布和生态光伏治沙的新路子，成为全国防沙治沙综合示范区，被评为全国防沙治沙先进集体，乌兰布和沙漠生态治理区被评为全国"绿水青山就是金山银山"实践创新基地。

（一）绿锁"黄龙"沙生金

位于乌兰布和沙漠腹地的内蒙古王爷地苁蓉生物有限公司通过3年的种植试验，成功实现四翅滨藜接种肉苁蓉。目前，该企业已在沙区种植梭梭林2万多亩，人工接种肉苁蓉2万亩，研发生产的肉苁蓉茶、肉苁蓉饮品等系列产品年产值达1亿元。

近年来，磴口县立足乌兰布和沙漠资源优势，大力发展肉苁蓉产业。目前，全县人工接种肉苁蓉、甘草面积近14万亩，其中鲜品肉苁蓉年产量达到500多吨，从事肉苁蓉产业的企业达20多家。内蒙古王爷地苁蓉生物有限公司、游牧一族生物科技有限公司等的肉苁蓉系列产品品牌已经形成，肉苁蓉、甘草等产业优势更加凸显，正在向打造全区乃至全国最大的肉苁蓉生产加工基地和集散中心迈进。

磴口县得天独厚的地理优势赋予了葡萄、枸杞等优良的生长条件。因此，磴口县把发展酿酒葡萄产业作为优化经济结构、培育新的经济增长点和改善生态环境的战略性举措。截至目前，先后有诺民、腾盛、兴套川等企业累计种植酿酒葡萄近2000亩。其中，诺民公司生产的漠北金爵葡萄酒品质优良，设计年产300吨的葡萄酒窖、酒庄等逐步走向规范化，发展势头强劲。

磴口县高标准打造以华莱士瓜、白梨脆为主的甜瓜产业和以番

板上发电，板下生金

茄、鲜食糯玉米为代表的瓜果蔬菜产业，设施农业面积达到3.7万亩；持续扩大肉羊、生猪养殖规模，建设绿色农畜产品生产加工基地，打造生产、加工、销售为一体的产业化联合体。全县各类枸杞种植面积2000多亩，长柄扁桃、苹果梨、食用葡萄、枣树等经济林面积不断扩大，达到近1万亩，绿色有机农畜产业不断发展，经济效益已经显现。

（二）"光伏+"治出新绿洲

穿行于乌兰布和沙漠，一块块光伏板纵横交错，一眼望不到边的深蓝色光伏组件，正汇聚成绿色清洁能源产业发展的"蓝海"，源源不断地把太阳能转化为电能输送到千家万户。

磴口县地处乌兰布和沙漠东部边缘，年日照时数3300小时以上，充沛的光能资源和广袤的荒漠沙区是发展光伏产业的优势所在。磴口县紧紧抓住这一有利条件，进行光伏治沙，通过大力招商引资，先后引进国华、国电投、国电、中广核、大唐等企业。截至2023年，磴口县共有13家企业建成光伏发电项目，总投资50亿元，年平均利用光照达1700小时、发电量15.4亿千瓦时，并网规模77万千瓦。

其中，国电投已建成光伏发电治沙项目8000多亩，已全部实现板上发电，日发电量160万千瓦时。光伏板下85%的面积采用了草方格固沙，栽植了梭梭、四翅滨藜、甘草等沙生植物和中药材，在对沙漠实现有效治理的同时实现光伏发电与生态治理双赢。

国电投三、四期项目总装机容量200兆瓦于2023年3月28日全容量并网，总发电量9450万千瓦时，单日最高发电120万千瓦时，投产直接发电效益总收益2500万元。

2024年，磴口县紧紧围绕实现"双碳"目标，全面建设乌兰布和沙漠千万千瓦级光伏基地，"十四五"期间，计划投资600亿元，装机规模达到1200万千瓦，实现固沙面积34万亩，并网后发

电量达240亿千瓦时,发力"板上产绿电制绿氢、板间长绿草养畜禽、板下变绿洲生绿金"的三产融合新赛道,变沙地为草地、变沙场为电场,以光锁沙、以草固沙,实现经济效益、生态效益和社会效益共赢。

（三）生态旅游添活力

除了光伏治沙,发展沙草产业,磴口县还立足沙水合一的资源优势,积极转变发展思路,将旅游业作为强县产业大力推进。利用"大漠孤烟直"的优美意境,大力发展沙漠探险、穿沙越野、低空飞行等旅游产业,着力打通"绿水青山"与"金山银山"的双向转化通道。

立足丰富的历史文化资源禀赋,依托黄河、大漠风光优势,磴口县全力打造"沿黄、沿湖、沿沙、沿山、红色教育"5条精品旅游路线,大力开发黄河文化、百湖湿地、观沙越野、阴山历史等旅游产品;深入挖掘河套文化、黄河文化、美食文化的内涵,将文化元素融入旅游产业的各个环节。

融合乡村振兴战略,加大田园综合体建设力度,培育乡村旅游重点村和乡村旅游星级接待户,打造融科学性、艺术性、文化性为一体的现代农业休闲观光景点和农家乐。

将工业园区、万亩光伏园、圣牧有机牧场等作为旅游景点精心打造。通过"旅游+"多元化发展模式,形成满足不同游客需求层次的旅游体验项目，构建多样化的旅游产品和服务体系，实现旅游产品转型升级和产业链条延伸。

仅2023年1—5月，磴口县接待国内游客29.16万人次，实现旅游收入1.35亿元。

第七章

不断丰富和发展"碛口模式",建设新时代防沙治沙模范区

碛口县坚决响应习近平总书记的伟大号召,坚决扛起黄河"几字弯"攻坚战核心区和前沿阵地的使命责任,在县委、县政府的带领下,战风沙、保家园、促发展,形成了"308信念传承、两山理念引领、三生共赢发展、四方主体参与、五域系统施治"的防沙治沙"碛口模式"。通过工程治沙、产业治沙、节水补水治沙,不断丰富和发展新时代防沙治沙"碛口模式",着力打通"绿水青山"和"金山银山"的双向转化通道,建设新时代防沙治沙模范区。

一 在丰富和发展"磴口模式"上取得新突破

（一）在更高维度和水平上，推动生态治理取得新突破

由于磴口县特别是乌兰布和沙漠所处的特殊地理位置和境内拥

有的自然资源以及国家建设基础工程，使其在黄河中上游地区生态环境建设中具有非常重要的战略地位。对乌兰布和沙漠进行综合治理，对于保护当地以及黄河、包兰铁路、京藏高速公路、110国道干线、河套商品粮基地都具有非常迫切和深远的意义。因此，要争取上级部门把磴口县特别是乌兰布和沙漠治理放到一个更高的层次去规划实施，将国家重点生态建设工程项目和资金向磴口县特别是乌兰布和沙区倾斜。

规模化防沙治沙优质牧草

（二）多渠道注入更多的资金，推动生态建设取得新进展

乌兰布和沙区自然条件差、造林投入大、治理成本高，需要投入大量的资金，当前国家补助性造林投资远远不能满足工程的投入需要。特别是林业生态工程的后期管护抚育资金严重不足，极大地影响和制约林业重点生态工程的造林保存率和建设成果。因此，要积极争取上级部门加大生态治理工程的建设和后期管护抚育等方面的资金投入。

翠鸟

(三)争取上级部门更多的支持,推动沙区基础设施建设取得新进展

近年来,磴口县虽然不断加大全县生态基础设施建设力度,但是受自然条件和历史因素制约,能源、交通等基础设施建设仍然比较薄弱,特别是乌兰布和沙漠除穿沙公路外,沙区道路主要以沙石路面和土路为主,电力供应半径过大,用电、用水等得不到有效保障,严重制约了全国防沙治沙综合示范区建设和沙区生态治理产业发展。因此,要争取上级部门加大对磴口县特别是乌兰布和沙漠基础设施建设方面的投入,进一步推进全县生态治理和产业建设快速发展。

(四)健全补给利用机制,推动沙区水资源补给有新源头

磴口县境内乌兰布和沙漠现有的地表水和地下水资源主要是依靠引黄水和引黄灌溉入渗补给形成的。特别是随着对乌兰布和沙漠的不断治理、沙区植被的不断增加、土地的不断治理利用等,对沙区的水资源需求不断增大,因此对乌兰布和沙漠进行生态补水,以稳定地下水位及恢复湿地和植被,促进沙区生态系统平衡尤为重要。同时,加强水资源综合管理,大力发展乌兰布和沙漠节水措施,减少水量损失,以水资源的可持续利用,支撑乌兰布和沙漠生态、经济、社会的可持续发展。因此,要争取上级部门对磴口县特

别是乌兰布和沙区水资源补给和利用，制定专门的支持机制。

（五）倡导治沙创新，推进生态产业呈现新业态

2018年，巴彦淖尔市被批复为全国防沙治沙综合示范区，综合示范区将乌兰布和沙漠治理定位为产业发展型示范区。2020年，乌兰布和沙漠生态治理区被国家评为"绿水青山就是金山银山"理论实践创新基地。因此，推进生态产业发展、加快生态治理、提供生态治理示范是磴口县承担的一项重要任务。目前，乌兰布和沙区从事沙产业发展的企业多数规模较小，未形成生产、加工、营销的产业链，品牌竞争力不强，致使一些前景广、效益好的项目得不到及时有效发展。因此，在防沙治沙上要坚持生态产业化、产业生态化思路，立足乌兰布和沙区实际，按照"多采光、少用水、新技术、高效益"的原则，大力发展沙产业，加快和提升全县生态环境治理质量。同时，要充分利用沙、水、光、热等沙区综合资源，发展种植业、养殖业、加工业、水产业、光伏发电以及生态旅游业等。一是大力扶持营造梭梭林基地，形成以肉苁蓉等为主的荒漠中药材加工业；二是积极鼓励和发展酿酒葡萄、枸杞、长柄扁桃等为主的经济林基地，发展果品加工业；三是大力发展绿色无污染优质牧草种植基地，发展设施畜牧业和有机乳品加工业；四是做大做强生态旅游业，不断扩展和完善以黄河三盛公国家级水利枢纽工程、纳林

湖、奈伦湖等自然景观和人文景观为代表的沙漠生态旅游，建设集自然、人文兼具，科技、生态并重，历史、文化交融的复合型多功能生态旅游地；五是充分利用乌兰布和沙区丰富的土地、光等资源优势，积极发展光伏风电产业。同时，将国家鼓励扶持的清洁能源建设、经济林建设、林下经济发展等产业扶持政策向该地区倾斜，通过各种手段，逐步把乌兰布和沙漠建成一个大林场、大草场、大工厂、大市场，实现乌兰布和沙区治理的生态、社会、经济三大效益的有机结合。因此，我们要根据全县特别是乌兰布和沙区实际，积极争取上级的产业扶持政策，加快推进产业发展。同时，利用各级优良宣传资源，加大对沙区产业的宣传推介力度，不断提升沙区产品的影响力和知名度。

二　推进产业治沙、生态富民高质量发展

在推进产业治沙、生态富民这一进程中，磴口县以乌兰布和沙漠治理区被命名为全国"绿水青山就是金山银山"实践创新基地为契机，坚持生态优先、绿色发展，加强林业草原生态建设，健全完善林草资源保护长效机制，推进产业治沙、生态富民绿色高质量发展，确保北方重要生态屏障安全永固。

一是科学规划，推进有序发展。磴口县根据乌兰布和沙区自然资源状况和生态功能，明确生态治理目标和定位，制定并实施《土地利用总体规划》《林业生态建设"十四五"规划》，为沙区治理和资源利用提供科学依据。在沙区建设上实现布局区域化、沙地开发规模化、灌溉节水化、生产机械化、经营集约化、管理企业化、产品品牌化，形成农工贸一体化产业链。

二是项目优先，加大治理力度。磴口县紧紧抓住巴彦淖尔市被批复为全国防沙治沙综合示范区和国家实施乌梁素海流域生态修复

工程的有利时机,加大对乌兰布和沙漠治理的项目争取、资金投入和治理力度。积极实施生态补水和节水灌溉,大力推进和实施乌兰布和沙漠河湖连通工程建设。大力发展种植业、养殖业、加工业、光伏发电以及生态旅游业,形成以肉苁蓉、沙漠葡萄、荒漠中药材、沙区设施畜牧业、沙区有机特色农产品、水产品、沙漠旅游、光伏发电等为重点的绿色产业,有效带动产业结构调整和农牧民收入增加。

三是造管并重,加强资源保护。磴口县坚持造管并重、保护

防沙治沙 + 有机奶业

优先的方针，认真落实森林草原管护责任制，全面落实林草长制，进一步建立和完善管护组织、明确管护职责。认真做好森林草原防火、林业草原有害生物防治和依法打击破坏林草资源行为等工作，不断加强全县森林草原资源保护。

四是创新机制，促进产业发展。磴口县把沙产业开发与生态建设有机结合，坚持生态效益优先，有效调动全社会参与防沙治沙积极性。实施"谁承包、谁治理，谁管护、谁受益"的优惠政策，多层次、多渠道、多形式投入。实现国家投入和地方投入相结合，政

雕鸮

府组织与社会参与相结合,大力发展乌兰布和沙区绿色农畜产品加工业,重点在乳肉、酿酒葡萄、沙生药材、水产养殖等方面,引进社会资本,延伸产业链条,推动沙区绿色产业持续健康发展。

五是夯实基础,抓好设施建设。磴口县通过兴建水利工程,提高水资源的利用率;通过修建道路,形成纵横交错的公路治沙网;从根本上解决了部分地区无电,不能有效供给的问题,为生态治理和产业发展打下了坚实的基础。

六是注重效益,加大资金投入。磴口县改变过去资金使用分

岩羊

散、不能发挥"拳头"效应的局面,把财政支农、基本建设、综合开发、利用外资、金融信贷等资金按照总体规划,集中投向生态治理建设重点,使防沙治沙资金使用效益最大化。

三 围封禁牧,依法保护森林和草原

禁牧封育、退牧还草,是恢复生态、统筹人与自然和谐发展的重要途径。磴口县委、县政府把禁牧工作列入重要议事日程,发布了禁牧通告,明确了禁牧主体、禁牧范围和具体措施。

为切实巩固围封禁牧成果,磴口县委、县政府在以下几方面做了大量的工作:一是县委、县政府相继出台《关于在套区和沙区林业重点工程区禁牧的通知》《关于加强生态环境保护的决定》《关于加快林业生态建设补充决定》《护林人员管理办法》;二是通过广播、电视、网络等平台,大力开展围封禁牧宣传活动,印制并张贴禁牧通告和禁牧宣传材料2万余份,使禁牧工作家喻户晓;三是建立健全管护执法队伍,修订《护林人员管理办法》,成立森林资源管护大队,选聘了100多名专职护林员;四是制定了一整套比较完善的管理机制,理顺了管护人员的管理体制,对护林员实行护林大队和苏木乡镇政府双重管理,制定了《护林员年度考核细则》,对护林员实行划区管理,明确了护林员的职责,印制了《护林工作手册》,不断加强护林员的业务学习,在全县形成了一个健全的森林资源管护体系。

严格按照自治区政府关于生态保护"五个严格"的要求抓好禁牧工作,即对国家重点生态工程项目区以及自然保护区要严格实行禁牧,确保项目建设的成果;对生态移民工程的迁出区和封育区必须严格实行禁牧,确保生态不恶化、不反弹;对严重沙化退化及生态脆弱地区要严格实行禁牧,确保生态自然恢复;对草原畜牧业要

"车轮"喷灌作业

严格实行草、畜平衡制度，全面推行严格禁牧措施；对河套灌区要严格实行禁牧，全面推行舍饲圈养。

巴彦淖尔市政府颁发《巴彦淖尔市围封禁牧暂行规定》《巴彦淖尔市围封禁牧工作考核办法》后，磴口县及时召开政府工作会议，制定《磴口县禁牧管理实施方案》《磴口县禁牧实施细则》，成立了由主要领导任组长的禁牧专项推进领导小组，下设办公室（设在县林业局），负责全县禁牧日常工作。

磴口县还根据领导小组变动情况，调整充实县围封禁牧领导

小组,苏木乡镇办事处和嘎查村也做出调整,苏木乡镇、嘎查村主要领导为禁牧第一责任人,包村领导是直接责任人,护林员是包片负责人。嘎查村专职护林员不少于3人,并设置了禁牧举报电话。根据巴彦淖尔市《关于草原监督管理设置领导职数和人员编制的批复》和磴口县《关于批准成立磴口县草原监理执法大队的通知》文件要求,磴口县成立了草原监理执法大队,下设2个监理中队,即沙金套海草原监理中队和乌兰布和草原监理中队。编制人员16名,实行垂直管理,经费实行全额财政拨款,配备了1台车辆及照相机

白琵鹭

等仪器设备。草原监理执法大队与县森林资源管护大队一起负责全县的围封禁牧工作。森林资源管护大队按照《护林人员管理办法》的选聘程序、职责、考核、奖惩等详细内容管理护林员，目前共有护林员177人。

磴口县禁牧工作分农区和牧区两块。林业局森林资源管护大队重点监管河套灌区和生态项目区的禁牧工作，畜牧业局草原监理执法大队重点监管牧区即狼山磴口段、乌兰布和沙区的禁牧工作。

针对牧区禁牧面积较大、不易管理的特点，畜牧业局把磴口县

苜蓿地

禁牧区分为沙金套海禁牧区和乌兰布和禁牧区两部分，分别由沙金套海草原监理中队和乌兰布和草原监理中队对其进行不定期巡查，实行全年禁牧。林业局按照苏木乡镇办事处的行政区划分为5个管护片，每个管护片由苏木乡镇办事处林工站和嘎查村的护林员负责。草原监理执法大队和林工站工作人员都取得了行政执法证，护林人员全部取得工作证，持证上岗率达到100%。

在制度建设方面，磴口县对各苏木乡镇办事处禁牧工作实行"一票否决"制，并与各苏木乡镇办事处签订了禁牧管理责任状，转发了巴彦淖尔市林业局下发的《关于认真做好秋冬季林木管护工作的通知》和巴彦淖尔市围封禁牧专项推进领导小组办公室印发的《关于进一步加强围封禁牧工作的紧急通知》，进一步制定完善了禁牧管理制度，修订了《磴口县围封禁牧责任人及联系方式》，出台了《关于实行禁牧、禁止烧荒的决定》，进一步规范和明确了禁牧责任。充分发挥人大等部门的监督作用，紧紧抓住苏木乡镇办事处这一禁牧主体，加强了督查和管理力度，以县委、县政府督查室牵头，林业局、畜牧业局参加组成禁牧督查组，对全县范围禁牧工作进行定期或不定期督查，将督查结果全县通报。

为了搞好禁牧工作，磴口县每年都依托法制宣传月活动，开展"依法保护森林和草原、构建和谐家园"等为主题的法律宣传活动，积极利用村委会宣传栏和广播宣传车宣传禁牧政策，同时在各苏木乡镇办事处公路两旁、村屯进出路口、生态公益林区、火灾多发地段等重点地方刷写大幅宣传警示标语。森林资源管护大队和草原监理执法大队在宣传活动中出动宣传车，发放禁牧宣传单，悬挂横幅、张贴标语。护林中队对各苏木乡镇养羊超过50只的农户进行入户宣传，并与他们签订《"舍饲圈养"保证书》，同时张贴《围封禁牧公告》《致农牧民朋友的一封信》，制作大型宣传广告牌，进行广泛宣传。此外，苏木乡镇干部还充分利用下乡调研等时机，走村入社，逐门逐户了解牲畜圈养情况，认真讲解禁牧政策，使禁牧工作做到了"三清"，即牲畜头数底数清、圈养情况清、广大群众对禁牧政策清。林业局在护林员和森林公安的协助下，散发宣传材料。在全县组织的"三下乡"活动中，畜牧、林业部门在苏木乡镇开展禁牧防火专项宣传活动。通过宣传，使禁牧工作做到了家喻户晓、人人皆知，为深入有效开展禁牧工作夯实了基础。

为了正确处理好围封禁牧与大力发展现代畜牧业的关系，磴口县积极推行舍饲圈养，集中育肥养殖模式，落实好禁牧补助，配套完善舍饲圈养设施，拓宽农牧民增收致富渠道。磴口县有9个牧区嘎查，除巴音乌拉嘎查禁牧补贴到期外，其余8个嘎查全部由退牧还草工程发放禁牧补贴。实施秸秆养羊项目，建设棚圈5000平方米，青贮窖池3000立方米，购置机具10台套。磴口县巩固退耕还林成果，后续产业棚圈青贮窖池建设受益户144户，棚圈建设面积

5891平方米,青贮窖池建设面积3533平方米。

四　多元投入,打造绿色循环经济链

沙产业日益繁荣是磴口县防沙治沙的一大亮点。目前,全县种植肉苁蓉、甘草等中草药材14万亩,红枣、酿酒葡萄等经济林产业

乌兰布和沙漠红枸杞

1万亩,优质牧草46万亩,年产值突破10亿元……治沙又致富的梦想已成现实。

自2003年以来,王爷地公司在乌兰布和沙漠建成2万亩肉苁蓉、1万亩甘草有机蒙中药材示范基地,开发以沙漠肉苁蓉为核心的沙产业,带动周边沙化土地治理。公司以磴口县沙金苏木温都尔毛道嘎查王爷地甘草种植示范基地为中心,辐射周边10公里发展种植10万亩甘草,亩均经济效益2500元以上;辐射磴口县100公里种植肉苁蓉20万亩,亩均经济效益3000元以上,形成了肉苁蓉、甘草

产业与小康增收相结合的绿色财富循环经济链。

从1952年开始,经过10年苦战,磴口县建成了一条长154公里的大型防沙林带。此后,相继实施了乌兰布和沙漠"防、灌、固"结合的治理方案,以"三北"工程为契机开展了荒山、荒沙、荒地、荒滩"四荒"承包造林。1979年,中国林业科学研究院在磴口县成立了内蒙古磴口实验局开展治沙科研,为防沙治沙提供了科技支撑。

时代在进步,治沙理念也在不断进步。党的十八大以来,磴口

县提出了"以生态项目扶持产业发展、以产业发展带动生态建设"的思路,以生态项目建设为基础,引进和培育各类沙产业经营主体,发展有机种植业、养殖业、特色林果业、荒漠中草药材及光伏+生态等沙产业,累计投入社会资金75.5亿元,完成生态治理80多万亩。

"磴口县不畏艰辛、迎难而上、矢志不移向沙漠进军,形成了防沙治沙'磴口模式',推进全县防沙治沙不断取得新突破。'磴口模式'的内涵和特征主要包括308信念传承,两山理念引领,生态生产生活共赢发展,政府、企业、社会和科研机构四方主体参

与，自然保护地、农田林网、封沙育草区、防风阻沙区、光伏治沙区系统施治。"磴口县政府主要负责人说。

走进磴口县城西北工业园区的国龙光伏治沙基地，眼前的光伏板一望无际，场面令人震撼。延绵的光伏板下，新种植的梭梭树绿意无限、一派生机。

基地面积3000亩，挖掘造林种草空间，充分利用光伏板下沙地资源，多样化种植沙生植物，目前已栽植柠条、梭梭等2300亩，努力探索实践光伏+林草生态治理协同发展模式。

目前，全县已建成光伏发电项目2.3万亩，装机容量77万千瓦，完成光伏板间种植梭梭、柠条、四翅滨藜等生态治理模式0.54万亩；在建99万千瓦，占地近3万亩。同时，顺应国家大力发展新能源光伏产业建设的形势，规划建设1100万千瓦光伏基地，占地34万亩，实现防沙治沙+光伏协同发展。

防沙治沙+光伏只是磴口县"防沙治沙+"的重要模式之一。以"防沙治沙+"为引领，磴口县持续开创防沙治沙新格局，不断丰富和发展新时代"磴口模式"内涵。

——坚持系统观念，磴口县以防沙治沙和荒漠化防治为主攻方向，护山、节水、造林、改田、保湖、增草、治沙协同推进，持续提升沙漠生态系统质量和稳定性，打造防沙治沙+系统治理样板，到2024年完成生态治理29万亩，到2025年完成生态治理78万亩，到

2030年完成生态治理168.5万亩，实现县域内荒漠化治理全覆盖。

——深入推进奶业振兴，打造防沙治沙+有机奶业样板，在沙区建成规模化奶牛养殖场63座，奶牛存栏量达到25万头，有机奶产量突破48万吨，牛奶日加工突破4000吨，奶产业实现产值170亿元，建成全球最大有机奶全产业链生产基地、全国县域内牛奶产量最大的生产基地。

——选育和推广优质饲草新品种，大力发展有机牧草、肉苁蓉、中草药材、特色林果等产业，促进酿酒葡萄、华莱士瓜、番茄、糯玉米等有机产品精深加工，让更多"沙生产品"优质优价、享誉全国，打造防沙治沙+特色有机农业样板。

——打造防沙治沙+全域旅游样板。依托县域内山水林田湖草沙全要素旅游资源优势，突出沿沙、沿河、沿山3条生态旅游路线，纳入黄河文化旅游带，巩固提升黄河三盛公国家水利风景区、兵团博物馆、沙漠露营地、鸡鹿塞、纳林湖、特仑苏小镇等景区品质和红色文旅融合、生态徒步行、沙漠龙舟垂钓赛、阴山自驾游等地域品牌影响力，提升打造《沙枣花开的地方》《昭君出塞》《兵团故事》等精品力作，形成乌兰布和沙漠龙头带动、全域发展的生态旅游新格局。

在"防沙治沙+"的引领下，磴口防沙治沙迎来多元发展新阶段，新时代"磴口模式"内涵将愈加丰富。

第八章

推进"磴口模式"产业化发展,加快形成新质生产力

多年来,"三北"地区干部群众创新、探索了包括"磴口模式"在内的一大批行之有效的治沙模式。中国防沙治沙"磴口模式"就是以维系绿洲生态安全稳定为目的,通过防、治、用等措施构建自然保护地、封沙育草区、防风阻沙区、农田防护林网五位一体防沙治沙综合体,在此基础上,积极探索治沙产业化、产业治沙化道路。

作为我国第八大沙漠,乌兰布和沙漠年均降水量只有110毫米左右,蒸发量却达2400毫米。治理好乌兰布和沙漠,对于保护黄河和京津冀地区生态环境意义重大。

磴口县坚持生态优先、绿色发展,科学选择植被恢复模式,合

理配置林草植被类型和栽植密度，利用乔、灌、草相结合，营造防风固沙林网、防风固沙沙漠锁边林带等，大力发展节水林草，造就了荒漠化治理的典范。

近年来，磴口县大力发展光伏+沙漠+农业、光伏+沙漠+林草等"新能源+"生态治理模式，成功引进国华、蒙能、国电等企业建成光伏发电项目，打造万亩光伏产业园区。园区内共有十三家光伏企业建成并网，总装机规模达77万千瓦，总投资50.5亿元，形成了光、电、林、草、牧相结合的林沙产业新模式。

如今，产业治沙撑起了乌兰布和沙漠治理的"半壁江山"。沙产业经营主体达60余家，经营面积近80万亩，经营内容涉及光伏发电、林下经济、种草、养殖业、中草药材以及旅游开发等多个项目。

磴口县正按照光伏+沙产业协同发展思路，将光伏同沙漠治理、中草药种植有机结合，积极打造乌兰布和沙漠千万千瓦级光伏能源基地，为加快形成新质生产力，构建新发展格局，探索一条生态光伏治沙的新路子，牢牢构筑北方生态安全屏障。

一　万亩光伏产业园：汇聚产业发展的"蓝海"

登上乌兰布和蒙能85万千瓦光伏+生态治理项目区的瞭望台，视野所及，一列列光伏板向沙漠腹地绵延，肆虐了数个世纪的风沙，在这里低下了头。

"以前这里是一望无际的黄沙，连草都不长，谁会想到现在

这里既能发电,又能栽植梭梭,接种经济效益显著的肉苁蓉,黄沙已经变成'黄金'了!"磴口县防沙林林业管护中心负责人这样介绍。

乌兰布和沙漠总面积1552.8万亩,涉及巴彦淖尔市磴口县、乌拉特后旗、杭锦后旗,以及阿拉善盟阿拉善左旗和乌海市海勃湾区、乌达区。

过去,这头"红色公牛"横冲直撞,啃良田、毁房屋、造风沙。现在,"红色公牛"渐渐变得温驯。

巴彦淖尔市境内,乌兰布和沙漠共有506万亩。其中,磴口县

光伏+生态基地

处于乌兰布和沙漠的东北部和下风口，县域面积77%、426.9万亩的土地被乌兰布和沙漠占据。河套平原以磴口县为源头，稍有不慎，沙海就会越过磴口向黄河和河套地区侵蚀，磴口成为黄河"几字弯"攻坚战的主战场。

2023年3月，春风拂过河套大地，黄河"几字弯"攻坚战的冲锋号角吹起，全市各地的防沙治沙和风电光伏一体化项目正式拉开帷幕。

在磴口县160万千瓦光储+生态治理项目区，数十台大型推土机正在一望无际的沙漠中作业，大片起伏不平的沙丘逐渐变为平整的

沙地。项目位于沙金套海苏木境内，场区面积4.46万亩，计划总投资69.73亿元。

春季的乌兰布和风沙大、气温低，新栽树苗极易遭受沙埋、霜冻等灾害。为解决这一难题，磴口县防沙治沙局自主研发了冷藏苗避风造林技术。

冷藏苗避风造林主要利用低温保鲜技术，让苗木处于休眠状态，延缓苗木发芽期，等到气温高、风沙少、降水增多时再进行栽植。这一技术有效延长了造林时间，减少了苗木损失，提高了造林

光伏施工现场

成活率和保存率。

阳春三月，位于乌兰布和沙区的防沙治沙和风电光伏一体化工程生态治理项目区，多台牵引式沙障铺设机徐徐前进，机器驶过处，一排排整齐的稻草沙帘快速形成，黄河"几字弯"攻坚战正热火朝天地进行。

近年来，磴口县大力发展光伏+沙漠+农业、光伏+沙漠+林草等"新能源+"生态治理模式，成功引进国华、蒙能、国电等企业建成光伏发电项目，打造万亩光伏产业园区，园区内共有13家光伏企业建成并网。

昔日桀骜不驯、寸草不生的乌兰布和荒漠，如今形成了光、电、林、草、牧相结合的林沙产业新模式，实现了"板上发电、板间种植、板下修复"，项目均采用光伏发电与沙漠治理相结合的模式，在利用太阳能发电的同时，力求达到综合治理的生态效益。

二 圣牧高科：从生态草业起步活力迸发

巴彦淖尔市圣牧高科生态草业有限公司十几年埋头苦干，投入75亿元，栽下9700万株沙生树木，将200多平方公里的沙漠改造为绿洲，在这片被外国专家断言"不可能生长作物、不可能完成土地改良规划、不可能实现人工种植"的沙漠腹地，打造了全球首创的种养加一体化沙漠有机循环产业链。

巴彦淖尔市圣牧高科生态草业有限公司于2010年5月成立，注册资金16866万元，位于内蒙古巴彦淖尔市磴口县，是集土地开发、饲草种植、饲料销售全产业链的股份制公司。

巴彦淖尔市圣牧高科生态草业有限公司自成立以来，已发展16个集约化牧场，在乌兰布和沙漠种植开发有机饲草，整合开发有机饲草种植基地20万亩，种植具有治沙功能的多年生留茬苜蓿、饲料桑、柠条等有机饲料，年产有机牧草20万吨，通过种养结合、产销促进，有效地控制土地沙化，实现保水、保土、保肥的生态效益，促进乌兰布和沙漠地区实现草、粮、经4∶3∶3的生态产业目标，成为内蒙古乃至西北地区规模最大的专业沙草产业实体之一。

巴彦淖尔市圣牧高科生态草业有限公司自成立以来，得到了磴口县委、县政府的大力扶持和国家牧草与青贮饲料研究中心的技术支持，从土质测验、科学播种、田间管理、品种培育方面对公司提供全程扶持和指导。

巴彦淖尔市圣牧高科生态草业有限公司于2011年5月11日取得中绿华夏有机食品认证中心颁发的有机产品认证证书，公司通过中绿华夏认证的有机饲草基地有8万亩，有机奶牛3万多头。圣牧高科有机种养基地已成为规模较大、具有引领示范效应的基地。

巴彦淖尔市圣牧高科生态草业有限公司计划在磴口县乌兰布和沙漠、河套灌区和乌拉特前、中、后旗沙漠地区投资开发种植80万亩多年生沙生有机饲料作物,在6年内分2个阶段实施。计划投入资本金25000万元,其中前期投入11000万元,主要通过股东私募的方式完成,后期投入14000万元,通过上市公募资本金方式解决。

项目计划在乌兰布和沙漠地区及周边农牧接合带以改良现有低产农田为主,改良建设20万亩节水高效的有机牧草、饲料桑种植基

挤奶

有机奶产品展示

地。同时，在项目成熟的条件下，分步、分片改造沙地，新开发25万亩以饲料桑为主的饲料种植基地。共计改良、改造60万亩沙地，用于优质有机牧草、饲料桑草业种植。低产地农田改造以种植优质苜蓿为主，新开发沙地以饲料桑为主，实现开发与治理并重的实效。

十几年间，巴彦淖尔市圣牧高科生态草业有限公司立足乌兰布和沙漠，精准高科融入，实施精耕细作，拓展可循环资源，硬是把昔日广袤、荒芜的沙漠，治理成路通、电通、水通、网通，生态设施完善的绿色家园，集有机种植、高科加工、名品销售为一体的龙头产业。

目前，巴彦淖尔市圣牧高科生态草业有限公司治理有机牧草饲料种植基地34万亩，建成和待建成养殖基地32万亩，在种植青贮玉米、苜蓿、燕麦草等有机牧草饲料作物的同时，开发有机中药材产品。

在公司开发乌兰布和沙漠前期，专家勘测后说，根本不可能，有经验的老者看了直摇头："就算把地开出来，甚也种不成。"而圣牧高科的开拓者们站在铲车的铲斗上，心怀目标、备尝艰辛，怀揣梦想、摸爬滚打，吃尽了苦头，也收获了甘甜。

2013年2月，他们将规划内10万亩沙丘平整后，土地深松至少1米。4月，第一次整修土地，施肥、耙地同步进行，以奠定产业立足的基础。随着第一眼井出水，第一条道路新建，第一组电缆架设，第一台喷灌设备安装完成，第一处施工帐篷在沙丘安营扎寨，第一片有机玉米冒出垄沟，圣牧人看到了成功的曙光。

就在作物郁郁葱葱丰收在望之际，一场沙尘暴突如其来，一夜间渠路不见踪影，帐篷四散不见，大家围着被子坐到天亮。看着辛苦付之东流，五尺高的汉子蹲在地上哭了。

怀着"行而不辍，未来可期"的信念，圣牧人心向一处聚，百折不弯腰，一切从头再来。沙漠深处又一次机声隆隆，人车穿梭，生机沸腾。沙丘平展了，机井冒水了，路平直了，树成活了，作业区内日新月异。

在圣牧人建设有机产业的过程中，上天慷慨回馈了他们的付出——在乌兰布和沙漠，植树成活9700多万棵，绿化沙漠200多平方公里，形成新疆杨、胡杨、沙枣、榆树、槐树及冬青、柠条、梭梭、花棒系列乔灌草立体生态防风固沙屏障；建成可饲养10万头有机奶牛的牧场；形成可为牧草种植提供大量过腹还田肥料，可重塑沙化土壤的团粒结构，增强保水增肥，提高抗旱能力。圣牧饲草料从选种、耕作、防治，到青贮、全价饲料配方，完全符合国家有机标准。让千年沙漠变成沃野平畴，凭着不屈不挠的意志，圣牧人把梦幻变成现实，丰满了企业腾飞的羽翼。

"让生态环境变得更加美好，让有机事业发展得更加辉煌！"圣牧人对乌兰布和沙漠生态的治理改造，使流动半流动沙丘总面积减少96.54平方公里，固定沙丘面积增加50.4平方公里，林地、草地、耕地、水域湿地面积大幅增加，改变了乌兰布和沙漠景观的分布格局。

根据中国林业科学研究院沙林实验中心监测统计，沙区沙尘量较20世纪80年代减少了80%—90%，成功打造完成有机种植、有机养殖、有机加工的高端有机产业治沙体系，完美实践了钱学森先生的沙产业理论。

10年间,巴彦淖尔市圣牧高科生态草业有限公司面向社会,扶持2万多农牧民走上增收致富的小康之路,市场全产业链就业100多万人,为国家创税4亿元,圆了圣牧人变荒漠为绿洲、创高端品牌的草业梦想。

三 王爷地苁蓉生物：用科技再造沙漠绿洲

内蒙古王爷地苁蓉生物有限公司致力于防沙治沙20年,在沙区种植梭梭林2万多亩,人工接种肉苁蓉2万亩,研发生产的肉苁蓉茶、肉苁蓉饮品等系列产品年产值达1亿元,不仅不和农业争水抢地,还防风固沙,走出了一条"以生态产业养生态工程"的可持续发展道路。

2003年,内蒙古王爷地苁蓉生物有限公司创始人在治理沙漠的过程中,敏锐地发现沙漠里如果能种植肉苁蓉,可以迅速带动当地群众致富。于是,他四处找寻专家,探讨种植方法,一次次失败,一次次摸索,终于,在2007年实现了肉苁蓉沙漠规模化种植。目前,王爷地拥有5000亩良种繁育区,用于肉苁蓉、甘草等良种培育

晾晒肉苁蓉

和研究。

2020年,王爷地公司开始种植耐旱耐盐碱的多年生半常绿灌木四翅滨藜,并在其根部进行接种肉苁蓉试验,试种面积11亩。2022年,经过磴口县农牧和科技局等部门测产,认定四翅滨藜肉苁蓉产量为每亩300公斤以上,标志着该品种在乌兰布和沙漠试种成功。

四翅滨藜肉苁蓉口感好,氨基酸、维生素等有效成分含量比较高。按照每亩地产300公斤鲜苁蓉、每公斤市场价格20元估算,每亩四翅滨藜肉苁蓉产值可达6000元,生态效益、经济效益可观。

内蒙古王爷地苁蓉生物有限公司创立于2006年，资产规模4998万元。该公司是集生态治理、中药材种植加工、农产品购销、观光旅游于一体的农业产业化企业。公司以开发苁蓉为原料的健康产品为主业，是致力于原料基地建设、产品研发和加工营销的自治区林业产业化重点龙头企业。

内蒙古王爷地苁蓉生物有限公司以"构建绿色生活空间，提升人类生命质量"为宗旨，立足于"用产业收益回报生态建设，用科技手段再造沙漠绿洲"，积极推行"基地、加工、市场"一体化战略，形成了沙生中草药产业及生态环境治理的循环经济新模式。

内蒙古王爷地苁蓉生物有限公司主动应对未来苁蓉产业发展的趋势，通过聘请专家、参加苁蓉研讨会、建立苁蓉试验示范基地、与国内科研院校建立苁蓉研究所，经过多年实践，从种植与原料供应、技术创新与产品研发到客户终端，提供全方位的产业服务，全面构筑面向未来的产业优势及完整的产业链。

（一）建设苁蓉人工接种示范基地

王爷地公司拥有5万亩苁蓉有机原料基地，2004年，公司聘请中国科学院新疆生态与地理研究所刘铭庭教授从事苁蓉人工接种试验。2007年，公司与中国农业大学中药材研究中心合作，成立王爷地苁蓉人工接种研究室，由中国农业大学郭玉海教授任首席专家，黄勇、杨国涛等4名博士、硕士组成研发团队，建设苁蓉人工接种示范基地，深入研究提高肉苁蓉人工接种成活率和质量、增加产量、良种繁育及种子微球化处理技术，苁蓉机械化种植与采收，沙生灌木种苗繁育基地建设，探索了一条低成本、高接种率、生长周期短的苁蓉接种模式，建立了一套优质苁蓉人工栽培综合配套技术体系。

2007年10月，在沙金苏木架子滩有机人工接种苁蓉示范基地，举办了肉苁蓉产业推进及高产技术测产现场会，来自北京、内蒙古等地的专家及县级相关部门负责人现场采挖鲜苁蓉（管花肉苁蓉），每亩产量达到330公斤，亩收益3300—4900元，得到了专家教授的高度评价，他们对人工接种肉苁蓉技术给予肯定。

经中国医科院药用植物研究所、上海中医药大学、中国农业大学对王爷地公司架子滩基地产的荒漠肉苁蓉成分测定，松果菊苷含量为20.17%、毛蕊花糖苷含量为7.12%，总含量为27.22%，含量高于药典标准（药典总含量不少于0.3%）。2009年3月，通过了中绿华夏有机食品认证中心有机认证。

为了开发苁蓉产业的最大效益，发挥苁蓉人工接种等高新技术的作用，实现生态文明、人与自然的和谐发展，建设绿色环保的生态新农村，王爷地公司筹资80万元修建穿沙主干路、水泥桥，安装接通自来水，使附近农牧民出行方便，饮用水得到改善。公司每年雇用大量当地农牧民进行肉苁蓉人工接种和鲜苁蓉采挖，在生产过程中，公司组织技术人员对广大农牧民进行现场指导和培训，使他们对苁蓉的种植、生长、管理和采收都有了深入的了解，并掌握了苁蓉人工接种技术，有效激发了当地农牧民治理沙漠、种植苁蓉的积极性。2009年，在温都尔毛道嘎查选30户苁蓉人工接种示范户，由王爷地公司提供人工接种技术和苁蓉种子，并回收苁蓉，辐射带动广大农牧民从事苁蓉人工接种。

王爷地公司投资4000万元，开发耕地4800亩，各类建筑面积

幸福我就跳起来

苁蓉花开

900多平方米，栽植梭梭林20000亩，新疆杨大杆1955亩13.68万株，苁蓉人工接种6000亩，育苗面积260亩，渠、路、林、水、电基本配套。架子滩基地被列为中国治理荒漠化基金会示范基地、中国农业大学中药材研究中心试验基地、北京大学现代中医药研究中心肉苁蓉研究基地、自治区防沙治沙协会磴口人工接种苁蓉示范基地、磴口县苁蓉人工接种示范基地。王爷地公司被磴口县列为重点扶持企业，是中国治理荒漠化基金会理事单位、磴口县防沙治沙和沙草产业协会理事单位。

（二）实施10万亩荒漠化治理示范基地项目

王爷地公司在磴口县沙金苏木温都尔毛道嘎查架子滩建设"乌兰布和沙漠10万亩人工接种肉苁蓉荒漠化治理示范基地"项目，经自治区发展和改革委员会批复，总投资20076.96万元，利用4年时间，依托公司与中国农业大学中药材研究中心合作，按照有机认证的标准，共同研发苁蓉人工接种可持续利用技术体系，计划建设了10万亩（公司自营5万亩，带动周边农户发展5万亩）林、水、电、路等配套，人工栽植梭梭接种苁蓉为主的荒漠化治理示范基地，带动1000多农户从事苁蓉产业，同时建设了梭梭等沙生灌木种苗繁育基地和500亩苁蓉良种繁育基地及苁蓉初加工厂等；为有机认证的需要，建设了奶牛（有机奶）、肉羊养殖场，形成以林业生态治理和苁蓉生物工程为主业、多元化经营格局的可持续发展沙产业循环经济新模式。

（三）苁蓉精深加工，走品牌发展之路

苁蓉产业是内蒙古自治区得天独厚的优势产业，目前市场供应的苁蓉产品大部分是初级产品，研发苁蓉精深加工产品、提高产品档次和溢价能力、走品牌发展的道路，有利于提高苁蓉及其产品的整体形象，在行业中起到示范引领作用。

王爷地公司在2006年注册"王爷地"商标。2007年以来，公司购进一条初加工生产线，相继推出了苁蓉茶、苁蓉礼盒、苁蓉干粉、苁蓉切片等初级加工产品。为了进一步带动产业发展、提高产品档次和溢价能力，公司重新规划企业经营模式、战略发展方向和品牌建设，采用"先建市场、后建工厂、委托加工"的模式，于2008年5月与中国农业大学食品科学与营养工程学院组建王爷地体能健康研究中心，由籍保平教授任首席专家，周峰、陈钢等6位博士组成研发团队，开发我国首款"王爷地"品牌无糖苁蓉饮料投放市场。2009年，还相继推出其他产品，并在磴口自建工厂，随着市场的形成，逐渐在华南、华东、华北布局工厂。

（四）升级创新产品，定位品牌营销

2007年12月25日，公司与采纳品牌营销顾问机构北京分公司达成战略合作，共同组建王爷地营销公司。通过近一年宏观市场环境、苁蓉产业发展、苁蓉产品形态、消费者的消费心理与消费行为等方面的调研，确定市场导向下的深加工多产品创新升级、品牌定位为核心的产品营销战略，集中资金用于市场营销推广，以市场需求定位产品类型。

2012年，在磴口县建设内蒙古王爷地肉苁蓉特色农产品交易市场，总投资1.5亿元，占地30万平方米，打造以中医养生、美食休闲、观光旅游为主体的养生美食文化广场,市场规划分为深加工区、中药材交易区、养生食材交易区、旅游商品展示交易区、电子商务服务区、仓储物流区、肉苁蓉博物馆,将磴口县打造成以肉苁蓉为主的养生食材交易集散地。

组建营销中心,依托电子商务平台,打造线上产品、会员与线下渠道、产业基地互动,辐射中草药材交易市场及健康养生市场的全产业链。公司相继推出了御品蓉茶、中药饮片、苁蓉纳米

甘草

粉、苁蓉饮料、苁蓉礼品等5大系列20多个产品。围绕健康、原生态养生主题，陆续开发饮品、保健品、药品、礼品、药膳、苁蓉有机奶、高端食材等产品链。在拓展市场的同时，品牌影响力不断扩大，"王爷地"品牌被认定为内蒙古著名商标。

经过多年努力，公司经营频创佳绩：

——内蒙古自治区首批林业产业化重点龙头企业；

——中国首家认证五万亩有机肉苁蓉人工种植基地；

——2010年，自治区光彩事业绿化先进民营企业、光彩事业国

起挖甘草

土绿化先进民营企业；

——2011年，第三届中国治沙暨沙产业学会常务理事单位、中国科技创新型中小企业100强；

——2012年，绿色财富（中国）十大新锐企业；

——2013年，低碳中国年度贡献企业；

——2014年，全国光彩事业国土绿化先进企业；

——2014年5月，组建肉苁蓉联盟。

（五）文化旅游并重，发展特色种养

一是建设10万亩苁蓉人工接种示范基地。投资20076.96万元，利用5年时间，在磴口县沙金苏木温都尔毛道嘎查，建成10万亩符合GAP标准的人工接种肉苁蓉荒漠化治理示范有机基地，基地内发展梭梭、红柳人工接种苁蓉8万亩，有机中药材种植1.5万亩，良种繁育2000亩，生态旅游区3000亩，带动1000多农户从事苁蓉产业。

二是开发以公司文化为主题的生态旅游项目。投资2000万元，从2011年开始，利用王爷地公司10万亩示范基地内广阔的沙漠、天然水面、丰富的苁蓉资源和茂盛的林草植被等资源优势，深度挖掘开发苁蓉文化，以回归大自然、保护大自然的理念为出发点，组织以全国防沙治沙环保教育为主题的科普旅游活动，激发更多人投入环境保护活动中。同时，开发野营度假、夏令营、科研考察、自然风光旅游、康复养生度假、美术写生、摄影创作、沙漠探险、野外生存训练、乘驼大漠游等特色各异的旅游项目,创建人与自然和谐共生的生态旅游度假村。

三是进行生态移民新农村建设。在10万亩苁蓉人工接种示范基地,将革命老区、生态脆弱区的农牧民进行生态移民,建设100户、常住人口350人的生态新农村示范点。这样既解决了肉苁蓉产业开发中出现的人力不足问题,又使广大移民在管沙用沙、肉苁蓉人工接种实践中,经过科技培训,由被动变为主动、由输出劳动到

肉苁蓉

掌握技术、由生态移民变为产业工人，为老区人民和本地农牧民摆脱贫困，走向富裕提供了良好的空间和机遇。

四是发展以鸭、鹅为主的珍禽及渔业养殖。10万亩苁蓉人工接种示范基地内，有4处3000多亩湖面，水草丰美，非常适合养殖鱼、鸭、鹅。鸭、鹅喜欢自由觅食，只需少量人工饲养，并且鸭、鹅在湖面活动时排出的粪便可以喂养鱼，实现了良性互补与循环。养殖规模为10万只鸭和10万只鹅，适量补充鱼苗，创建王爷地"牧鸭""牧鹅""牧鸡"特色品牌。

五是发展万只肉羊养殖。利用王爷地公司10万亩示范基地内广阔的沙漠和茂盛的梭梭、红柳等林草植被资源，采取舍饲与放养相结合的方式，养殖1万只肉质好、生长快、出栏率高的肉羊，羊肉供应市场及羊粪杀虫熟化归田与苁蓉产业发展形成有机结合，草肥循环利用。

四　漠北金爵：大漠里生产出好葡萄酒

沿着乌兰布和沙漠穿沙公路行驶23公里，一片绿洲映入眼帘，坐落在这里的内蒙古漠北金爵葡萄酒庄有限公司显露出勃勃生机。

酒庄内种植酿酒葡萄近1000亩，栽植汉漠红枣树500亩，营造梭梭固沙林320亩，拥有年产300吨有机葡萄酒生产线。

在专业育种的有机葡萄试验田内，试验田被分隔成一个个几平方米的小方块，各种秧苗随风摇摆，一块块育种标识牌整齐排列，十分壮观。

苗好五成收，秧好一半功。育种是个笨活儿，但内蒙古漠北金爵葡萄酒庄有限公司的经营者始终相信，只要付出总会有收获。自2011年扎根乌兰布和沙漠，酒庄始终秉承"好葡萄酒是种出来的"理念，在育苗育种方面下了不少功夫。

每年，内蒙古漠北金爵葡萄酒庄有限公司都会选出含糖量高、色度好、产量高的葡萄种苗。同时，酒庄先后与中国农业大学、中国林业科学研究院沙漠林业实验中心等科研院所建立合作关系，让其对酒庄育种进行指导。

天道酬勤，一批批被选育的葡萄良种扎根沙海，为乌兰布和沙漠披上了绿装。目前，内蒙古漠北金爵葡萄酒庄有限公司建立了全程可控的葡萄园，实行定质、定标、定量、定责和分级、分区、分片的管理制度，有知名酿酒葡萄品种20余种，为酿造优质葡萄酒提供了原料保障。近几年，酒庄内还开辟了紫山药、瓜类等农作物新品种种植试验田。

内蒙古漠北金爵葡萄酒庄有限公司于2015年10月在磴口县市场

监督管理局注册。酒庄位于具有"百湖之乡"美誉的巴彦淖尔市磴口县沙金套海苏木巴音温都尔嘎查,地处乌兰布和沙漠腹地的纳林湖和奈伦湖之间、黄河冲积扇的边缘、阴山山脉的东南边缘。这里是适宜葡萄生长的黄金地带,土质以沙质土为主,富含有机质和矿物质,是具有阳光、沙漠、河流、湖泊、山脉特征的葡萄产区。

酒庄占地面积约2000亩,经过近10年的不懈努力,现已建成进入盛果期的葡萄园830余亩,年产优质酒庄酒500吨。公司被评为内蒙古自治区级林业产业化重点龙头企业、自治区级扶贫龙头企业、

葡萄酒

巴彦淖尔市防沙治沙沙产业示范基地、市级扶贫龙头企业。

公司充分利用乌兰布和沙区小气候的资源优势，遵循"多采光、少用水，新技术、高效益"的沙产业理论，努力打造乌兰布和沙漠的产区优势，秉承"好葡萄酒是种出来的"理念，以打造酒庄酒为落脚点。经权威机构鉴定，酒庄酿酒葡萄品质优于同纬度其他产区。葡萄酒从种植、生产、酿造、灌装等全过程，都在酒庄内完成。

葡萄种植和葡萄酒业的发展将成为磴口区域经济发展的一项重要产业，未来内蒙古漠北金爵葡萄酒庄有限公司将致力于把"漠北金爵"打造成一个小而精、小而特、小而专的有机生态葡萄庄园，为巴彦淖尔市及周边葡萄产业的发展起到示范和带头作用。

五　三利开发：科技示范引领沙产业发展

走进地处乌兰布和沙漠腹地的三利农牧林开发公司沙漠治理区，这里绿树成荫，草木旺盛，纵横交错的基干防护林带错落有序，各种树木茁壮成长。

可是谁能想到，20多年前这里还是一片浩瀚无垠的流动沙丘或半固定沙丘，晴天三级风，有风不见人。这片土地之所以有今天绿意盎然、生机勃勃的美好景象，离不开为防沙治沙而奋斗的三利公司全体员工的努力。

改革开放以来，三利公司的生意越做越红火，但后来生态环境恶化不断加剧，频繁发生的干旱、沙暴等自然灾害，让三利公司的经营者认识到，保护大自然就是保护我们赖以生存的家园。于是，三利人投身产业治沙的行列，全身心地加入生态环境保护建设中来。

沙漠治理是一项投入多、见效慢、困难大的事业，一旦半途而废，将愧对当地的父老乡亲。

三利人明知山有虎，偏向虎山行，不和困难交交手，就等于枉活一世。于是，他们毅然走进乌兰布和沙漠中，承包了3万亩荒沙，开始了二十多年如一日的植树造林、防沙治沙工作。

从1998年至今，三利公司先后投入资金500多万元，在乌兰布和沙漠腹地修作业路25公里，打机井10眼、组合井8眼，架设输电线路10公里，开挖各类渠道25公里，营造防护林带20条，现有人工林保存面积达到4200多亩，共计40余万株。到目前为止，通过围栏封育、人工补植和补播等措施，沙漠治理面积达2.6万余亩，使治理区域内森林覆盖率由治理前的不足1%，提高到现在的40%以上。

总结几年来的产业治沙历程，三利公司的主要经验如下：

一是有一个既符合实际又便于操作的长远规划。在治理过程中，公司始终遵循先易后难、由近及远、因地制宜、适地适树，该封则封、该造则造的原则。

二是有切实可行的年度作业设计，依据自然地理条件和各物种的物候特征，按照造林技术规程的要求，从整地到苗木准备、栽植，从灌水、扶苗到管护实行一条龙作业，有效地提高了造林成活率和保存率。

三是充分用好国家优惠政策，抓住机遇发展自我。三利公司主动请缨，承担了利用贷款植树造林项目和封沙育林（草）项目。通过这些项目的实施，加快了沙漠治理速度，促进了乌兰布和植被的恢复。

四是依托科技支撑，实行科技兴林。从治理初期开始，三利公司就聘请了林业技术人员进行技术指导，使当年造林成活率达到98%，加之管理措施得当，林木长势旺盛，防护效益明显增强。近年来，三利公司先后承担了黄柳、沙柳生物再生网障造林试验和紫穗槐植苗造林试验等林业科技试验示范项目，积极探索发展沙产业的新树种。

五是以短养长，长短结合，滚动发展。搞生态建设既要着眼于长远目标，也要兼顾眼前利益，在建设比较完备的林业生态体系的同时，建设比较发达的林业产业体系，在保护与建设中发展自己。从2000年开始，三利公司先后培育杨树、花棒、杨柴、梭梭等各类苗木1100余亩，形成了初具规模的育苗基地，出圃苗木除满足自身

我爱磴口

造林需要外,还支援友邻地区的造林需求,将回报的资金用于扩大再生产,初步走上了良性循环的轨道。为了充分利用乌兰布和丰富的沙漠资源,发展沙产业,又建起了150亩肉苁蓉采种基地。

辛勤劳动换来的片片绿色,增强了三利人治理沙漠的信心,一个治理沙漠,发展生态产业的宏伟蓝图正在三利人胸中形成:再过10年,现有的40余万株林木产值将达到4000万元,5000余亩梭梭林全部接种肉苁蓉后,产值将达到4000万元,加之养殖业的发展,累计产值近1亿元。随着这些产业的发展,一个集休闲、娱乐、养老于一体的沙漠生态度假村将在乌兰布和沙漠腹地形成。

后 记

在习近平总书记考察巴彦淖尔市并主持召开加强荒漠化综合防治和推进"三北"等重点生态工程建设座谈会一周年之际,中共磴口县委员会、磴口县人民政府组织编辑出版本书,旨在深入学习宣传贯彻习近平生态文明思想,把习近平总书记提出的加强荒漠化综合防治,深入推进"三北"等重点生态工程建设的号召落实到具体行动中,发扬光大新时代防沙治沙"磴口模式",勇担使命,不畏艰辛,久久为功,努力创造新时代磴口防沙治沙新奇迹,为全国乃至全球荒漠化综合防治提供磴口智慧和磴口力量!

今天,当我们一览无余地展开"磴口模式"这一瑰丽画卷,回顾磴口干部群众七十多年来"咬定青山不放松",不遗余力防沙治沙、植树造林的系列决策举措,感悟治沙英雄们可歌可泣的伟大壮举,就是要激励全县各族干部群众坚定信念、持之以恒,砥砺前行,坚持系统观念、加强统筹兼顾,抓住主要矛盾,抓好贯彻落实,一以贯之地推进生态环境高水平保护和经济高质量发展。

为此,磴口县积极推进防沙治沙产业化发展,抢占新一轮科技革命形成的产业高地，提升产业整体实力、质量效益，增强产业的生存力、竞争力、发展力、持续力。紧紧抓住全球绿色产业技术快速发展的机遇，践行绿色发展理念，用好绿色发展政策工具，在绿色转型发展中培育新产业、新业态和新模式，形成新质生产力。同时，站在人与自然和谐共生的高度谋划发展，让人民群众对生态文明建设的获得感、幸福感、安全感不断增强。

"东风得势，时代更新。"我们要坚持以习近平生态文明思想为指导，在防沙治沙、建设生态文明的新征程上，进一步加强荒漠化综合防治，深入推进"三北"等重点生态工程建设。在新时代，要牢固树立中华民族共同体意识，进一步丰富和发展中国防沙治沙"磴口模式"，为加快形成新质生产力，构建新发展格局，建设防沙治沙模范区，把祖国北疆这道万里绿色屏障构筑得更加牢固，在建设美丽中国上取得更大成就。

承蒙内蒙古出版集团、远方出版社的大力支持，本书在时间紧、任务重的情况下得以付梓印刷。同时，在本书组稿、选材、编审过程中，有关部门给予关心、指导、支持。在此，一并表示真诚的感谢和崇高的敬意！

由于成书时间仓促，相关资料阙如，加之编者眼界、学识、水平所限，本书难免存在些许问题，请大家批评指正。

中共磴口县委员会宣传部
2024年6月